九歌少兒書房

謹將這本書，獻給想了解家暴恐懼，
或已經了解家暴恐懼的人們。

行政院文化建設委員會 指導

躲進部落格

洪雅齡・著　陶　一・圖

評審委員推薦

杜明城：（國立台東大學兒童文學研究所所長）

這篇小說從家暴的序曲起，以做為象徵的大掃除落幕，故事的主軸則環繞在主角的學校生活。但這並不是一篇單純的校園小說，能把當代學生之間的網路文化所形成的人際關係，藉著祕密箱子的比喻作細膩的觀察，最令人激賞。主角的父親不須露面，陰影反而更形龐大，而母親與「阿姨」的微妙情誼，更是

側寫得入木三分。這是一篇令人驚喜的議題小說，探討的課題可深可廣，就以啟蒙小說的觀點來看，最令人會心之處在於少年洞察世情，反而是成人世界更需要開導。

馮季眉‧（國語日報總編輯）

雨晴是生活在家暴陰影下的孩子，為了躲避施暴的父親，隨母親和弟弟投靠母親的姊妹之交，她不但擔心被父親尋獲，還要面臨轉學與搬家的調適。好不容易在新學校交到新朋友，友情卻又隨即面臨考驗。她是否能獲得足夠的支持力量，不屈服於家暴宿命，展開新生呢？

「祕密箱子」，是雨晴和朋友交心的部落格名稱，也像是一個隱喻：人人內心都有一個「祕密箱子」。箱子裡，除了祕密、矛盾、背叛、謊言，其實也有值得珍惜的信任與真誠、親情與友情。這些，雨晴都一一經歷了。

家庭暴力已是常見的社會現象，這個故事引發我們對家暴陰影下的兒童更深的關懷。

主要人物介紹

雨晴

是七年級的中學生，因故轉學，個性有些害羞。

天海

雨晴的弟弟，小學五年級，個性開朗直爽。

媽媽

雨晴和天海的母親，為了逃離會打人的丈夫，帶著兩個小孩離家。

爸爸

工作不順遂後人都變了，酒後脾氣很差，會打人。

佳佳阿姨

與雨晴的媽媽為表姊妹，是在家接案的網頁設計師，是她收留離家的三人。

新蕾

雨晴的新朋友，個性樂觀，是班上的大姊頭，以「缺了一面的箱子」為筆名，經營共同部落格「祕密箱子」，暗戀同學傅宇軒。

糖果箱

「祕密箱子」部落格的會員，個性甜美，身上常常帶著新口味的糖果，喜歡寫跟糖果有關的文章。

旅行箱

「祕密箱子」部落格的會員，個性直爽獨立，喜歡待在圖書館。

目錄

CONTENTS

評審委員推薦 002

主要人物介紹 004

序曲：風暴 010

1. 佳佳阿姨 014

2. 新蕾 024

3. 適應 032

4. 秘密箱子 040

5. 試膽大會 050

6. 加入 062

7. 陌生的親人 071

8. 在家 085
9. 背叛 099
10. 裂痕 112
11. 簽名會 131
12. 回家 146
13. 媽媽的祕密 160
14. 大掃除 177
故事背後的真相（後記） 190
作者&繪者簡介 194

【序曲】風暴

狂風暴雨聲掃進廚房的門，這扇門驚得嘎嘎作響，快要守不住它自己。

「雨晴、阿海，快走。」一個滿頭亂髮的瘦小女子撐著門，對兩個在她身後瑟縮的孩子喊。

「不要！」孩子的回答伴著哭聲。

「快點，你爸爸發酒瘋了。」瘦小女子急著說，但兩個小孩還是站

在原地大哭，不肯離開。

門外雷聲傳來。

「妳這個肖查某，門打開，我多喝兩杯，妳就有意見，妳是怎樣？開門，開門！」

狂風繼續拍打著門，這扇門還在盡它最後的努力。

「鑰匙在這裡，雨晴妳把後門打開，帶弟弟先走。」瘦小女子用背抵住門，慌亂的從身上翻出一隻鑰匙，遞給女孩。

「媽媽，一起走。」女孩流著眼淚不肯接，另一個小孩是個男生，年紀比女孩更小，他也拉著媽媽的衣角不肯放。

「我先擋一擋，你們跑遠一點，不要被你爸抓到。」瘦小女子大力的把他們推開。

「那妳怎麼辦？」女孩驚慌的問。

「我會保護自己。」瘦小女子死命抵住門。

「妳騙人，爸爸上次還不是把妳打得頭破血流。」女孩好像想到傷心事，眼淚像泉水一樣又不斷湧出。

「總比你們也在這裡一起被打好。快走！」瘦小女子大喊。

「不要，我們要跟媽媽一起。」女孩跑過去幫忙抵住門。

「雨——晴妳，這樣會害死大家。阿海，你快去開門。」瘦小女子大吼，撞門聲越來越急。

「砰！」廚房後門還沒開，但另外那扇處境艱難的門，已棄守了自己的工作。

「關什麼門？欠揍。」一陣狂風摧殘著瘦弱的女人，女人拿起流理台上的鍋蓋，想要抵擋。

「還擋，我在教訓妳，妳還擋。」生氣的大男人如同發威的強颱，力大無比。

「噹！」一聲，鍋蓋落地，如鑼聲，震撼了大地。女孩抓著掃把奮力向前，想支開這陣風暴，掃把柄才一碰上，馬上被捲入風暴中。

「妳在做什麼，妳爸來教訓妳阿母，輪不到妳管。」大男人搶走女孩手中的掃把。

「你不要打媽媽。」女孩倔強的想拉回掃把。

「不打她，那打妳。」一陣暴雨打在女孩身上，女孩抱著頭，縮在冰箱旁。

「不要打雨晴。」女人試圖向前阻擋。

「一起打。」暴雨持續落下，女人伸臂想將女孩包在她懷裡。女孩則努力將女人往外推。

慌亂中，縮在餐桌下的男孩邊流淚邊小心的爬出廚房，爬進混亂的客廳，拿起電話，發抖的左手抱著話筒，右手顫抖的按下113，電話馬上接通，話筒那端傳來平靜穩定的聲音：「婦幼保護專線，你好……」小男孩知道自己即將得救，忍不住哭了出來說：「阿姨，快來救我們，爸爸又打人……」

佳佳阿姨

我忍不住偷瞄眼前這位阿姨，她頭上帶著閃閃發光的金色髮箍，一頭燙得捲捲的及肩捲髮分邊紮成兩球，看起來就像隻貴賓狗；身穿一件黑白橫條紋的連身洋裝，怎麼看都像是關在監獄的犯人。

她彷彿察覺到我的好奇目光，本來隱藏在黑色膠框眼鏡下的雙眼突然望向我這裡，仔細打量，四目相交之際，我發現這位阿姨有張很細緻的臉，或許應該說她臉上的妝很精緻，看不到一絲斑點與疤痕，外加修

得細長的眉毛，媽媽說這是跟她同年的表妹，要叫她阿姨；與站在一旁的媽媽相比，她明顯比四十歲的媽媽年輕亮麗許多，也冷漠許多，望著那沒有表情的雙眼，我下意識地往媽媽身後躲。

「姊，好久不見。」這位阿姨向媽媽點頭示意，那聲音絲毫沒有熱度。

「佳佳，謝謝妳願意收留我們，這陣子就拜託妳了，這是我女兒雨晴，還有——」媽媽轉過身，用細瘦蒼白的手將躲在後面的我和阿海拉出來，推向前，繼續說：「這是兒子天海。他們一個念七年級，另一個念五年級。」

我們兩個呆呆的望著眼前這個人，她依然面無表情。媽媽推了推我們的肩膀：「來，這是佳佳阿姨，你們跟阿姨問好。」

「阿姨好。」我們兩個怯生生的回答。

佳佳阿姨僅點點頭，一副沒有興趣的樣子，她只對媽媽說：「你們的房間在最裡面，委屈一點，我這裡就兩間房間。」

「這樣就夠了！佳佳，謝謝妳。」

「不要這樣說，其實我才該謝謝妳，如果不是妳，今天在這裡哭的人就是我了。」佳佳阿姨說完，頭也不回進屋去了。

佳佳阿姨夾針帶刺的話讓我訝異地望著媽媽，眼神裡透露著疑問，媽媽卻只是含著淚光搖搖頭，催促我們拿行李進屋。

新生活就這樣展開了，我們是偷偷搬走，佳佳阿姨是媽媽好不容易透過外婆的妹妹才找到的，是個很少往來的親戚，爸爸一定不知道我們搬來這裡，雖然我們三個人必須一起擠在只有八十塊塑膠地墊大小的房間中，但能全家人一起睡在不用擔心暴風雨來襲的床上，我在日記上寫下對佳佳阿姨的感激。

新生活的第一天，一大早媽媽就叫醒我和弟弟，換床後我睡得不太好，整夜夢了又醒，醒了又夢，我發現媽媽好像也是，因為她正用化妝品想把黑眼圈和瘀青蓋住，我走到外頭，客廳一片昏暗，落地窗那兒的窗簾緊緊拉上，旁邊佳佳阿姨的L形工作桌上一片凌亂，電腦上跑著「喂！稿子好了沒？別裝死！」的螢幕保護程式，旁邊擺了一大堆翻開的書籍，我走過去發現這些書都好漂亮，翻了翻，裡頭五顏六色一片繽紛，好像都是設計方面的書。

「雨晴，妳還在做什麼？我們要去吃早餐了！」聽見媽媽的聲音，我慌忙離開，一會兒，我看見媽媽穿著長袖，帶著深黑色墨鏡，阿海也穿著外套下來，於是我也穿起我的外套。

走在星期日清晨的路上，行人稀稀疏疏，媽媽找了一家在路口的中式早餐店，我們一家人都很喜歡吃中式的早餐，我和弟弟都喜歡燒餅夾蛋配上一杯熱豆漿，媽媽喜歡吃小籠包，爸爸喜歡饅頭配鹹豆漿。不對！誰管爸爸喜歡吃什麼！他已經很久沒有在早上吃早餐了，我搖搖頭，想把爸爸甩出去。

「姊！妳怎麼了？幹麼搖頭？」阿海問我，我還是搖搖頭。

媽媽沒發現異狀，我覺得她今天早上有些心不在焉，她替我和弟弟點了燒餅夾蛋、小籠包和三杯冰豆漿。

我們找位子坐下來，一會兒老闆幫我們把早餐送到桌上，他看了我們一下，說：「你們是剛搬來的喔？」

「是啊！你怎麼會知道？」媽媽戴著墨鏡看著老闆。

「這裡的居民我都熟透透。我之前沒看過你們啊！你們住哪裡？」

「和平公寓。」

「喔！那裡環境很不錯！可以看山看水呢！」

看山？看水？我想起漆黑的客廳。

「今天天氣那麼熱，你們怎麼都穿外套？是剛剛去運動嗎？」老闆一邊忙著整理桌子，一邊閒話家常。

他的話引起我的警戒，我下意識摸了摸手腕上發疼的地方，把袖子往下拉。

「早上天氣涼啊！」阿海突然冒出這一句。

「哈哈！你們不知道啦！等一下就很熱了！穿薄一點的就好，我們這裡的夏天，熱到你會想全身脫光喔！啊！歹勢啦！」老闆說完，好像為自己的說話太直接而尷尬的笑了。「好啦！你們慢慢吃，以後有什麼需要幫忙的，都可以到早餐店來找我。」豪爽開朗的老闆說完就回去忙了。

「這燒餅好好吃喔！」阿海咬了一口燒餅，嚼了嚼後又問：「媽媽，我們會一直住在這裡嗎？」

媽媽一臉沉默沒有回答。

「媽！」阿海又叫。

媽媽依然一臉沉思，沒有回答。

「媽！」我伸手搖了搖媽媽。

「怎麼了？」媽媽回過神。

「妳怎麼了？我們問妳，妳都不回答。」

「沒有啦！你們快吃！」我在她臉上看到揮不去的疲倦，桌上的早餐，她幾乎一口都沒吃。

為了打破沉默，我和阿海努力找話題。

「媽，佳佳阿姨是做什麼的？」我問。

「我聽阿姨說，就是你們的姨婆說，她好像是在家工作的SOHO族，主要工作是網頁設計。」

我想起佳佳阿姨那張凌亂的桌面和特殊的打扮，她真的跟一般上班族很不同。我坐在位子上喝著豆漿，腦裡飄過最近所看見的各種畫面。

「我跟你們兩個說，我們要待在佳佳阿姨這裡一陣子。」媽媽說。

「我們知道啊！但是一陣子是多久？」阿海問。

「等……媽媽真正找到工作吧！」媽媽的回答似乎不太肯定。

「爸爸知道我們在這裡嗎？」阿海表情顫慄。

「應該不知道，你們誰也不准說。」媽媽嚴肅的提醒，我和阿海拚命點頭。

「爸爸會不會跑到學校去找我們？」我問。

「應該不會，社工阿姨會幫你們處理轉學，學校那邊也不會告訴爸爸的！」

「那媽媽，妳再來要怎麼辦？」阿海擔心的問。

「我……我已經去申請保護令，讓爸爸不要靠近我們。但這樣可能又會害了你爸爸，萬一他……不過不管了，你們放心，媽媽一定會保護你們。」媽媽戴著墨鏡，瞧不清楚她的眼睛，但我可以感受到她正在假裝堅強，這使我好想哭喔！

「雨晴、阿海！別再慢吞吞，趕快吃！」

「媽，妳也吃嘛！……」我也催促媽媽。

2 新蕾

社工阿姨說我在這個學校只是暫時的，不過她還是希望我能夠靜下心來學習，關於我爸爸（會打人）的事，只有我的級任導師和輔導老師知道，他們會提供我必要的協助，但看到他們露出那種同情的眼神時，我其實什麼都不想說，我不喜歡別人可憐我。今天一整天的學校生活我就在沉默中度過，面對大家對我的好奇，我只回答「是」與「不是」。同學們看我這麼冷淡，也就沒人來理我，看來在這個學校我是交不到朋友了，我想起以前的同學，在我爸爸會打人的事情傳出去後，就越來越難跟他們一起相處了。

放學前，我靜坐等待，但卻發現外頭天空已經烏雲密布，有點擔心會下雨，放學時間一到，我馬上收拾書包，往校門奔去，但雨卻比我早了一步。我站在警衛室的屋簷下，望著這滂沱大雨，我知道沒有人會來接我，我更擔心的是阿海，不知道他怎麼辦？雨越下越大，斜落的雨衝進了屋簷下，一點一滴的侵占我的鞋子和長褲，一種「溼意」沾染了全身，我沒什麼浪漫的聯想，反倒是這種貼著皮膚的冰涼，感覺就像吸了過多的眼淚。

看著雨勢慢慢緩了下來，

我不想再等了，毫不猶豫的抓緊書包，跑入雨中，趨於柔和的雨撫過全身，讓我不自覺放下原本的速度，試著享受這種「詩意」。

「喂！溫雨晴！」

我轉頭，出現在眼前的是一把大紅花傘，傘的主人被遮在傘下，黑黑的不是很清楚。

「妳是？」

「我是汪新蕾。妳今天轉來我們班啊！」她把傘稍微撐高，一張充滿笑容的臉露了出來。

「喔！妳好！」我真的對她一點印象都沒有。

突然，我感覺雨不再從頭頂上方落下。

「一起撐吧！我家也往這個方向。」原來是她將傘分給我一半。

「喔！謝謝！」望著突來的好意，我感覺不自在。

「不用客氣啦！妳家住在哪裡？」

「喔！和平公寓！」

「哇！我家就在和平公寓後面，和平公寓前面有一條排水溝，那條水溝景色很好，超漂亮的，種了很多布袋蓮，會開淡紫色的花，那裡可以野餐呢！」新蕾開心的說，我則靜靜的聽。

「妳好像很害羞！我們都不敢過去跟妳說話。」新蕾又說。

其實我一點也不害羞，會害羞都是爸爸害的。

「妳好像不太喜歡講話耶！」新蕾還繼續說。

「喔！沒有啊！」我勉強回答。

「沒關係啦！我以前也轉學過，我小學二年級就搬來這裡，上學第一天，我拉著我爸爸的衣服，站在教室外面一直哭一直哭。」我感覺頭上的傘正晃動著，在一旁的新蕾講得很開心。

「後來，也不知道怎麼樣才敢進去教室，反正到後來就習慣了！現在我倒覺得這些才算是我的小學同學，以前的同學都忘光了！」

忘光了？那要花多久時間？

「你們為什麼要搬家啊？」新蕾繼續好奇的問。

「喔！我媽換工作。」我直視眼前的雨絲，避重就輕的回答。

「妳講話好像很喜歡前面加『喔！』」

「喔！有嗎？」

「哈！妳看！哈哈哈……」我的回答讓新蕾大笑，她笑得很誇張，先是肩膀抽動個不停，哈哈哈的聲音從她身體裡溢了出來，最後她乾脆把手上的傘遞給我，專心大笑。

在新蕾乾淨的笑聲中，我竟也忍不住笑了，掛在嘴角的微笑慢慢化為有聲的呵呵笑。我發現跟新同學一起走路回家是件相當有趣的事，她告訴我關於這條回家路上的大小事，像是有一間商店老闆很好，你買一包零食，他還會送你一塊小小的糖果；有一間便利商店的店員很小氣，你站在那裡看雜誌，他會一直趕你；我們又經過昨天來過的中式早餐店，雖然已經打烊，但那熱情的老闆看到新蕾和我同撐一把傘，馬上熱心的從店裡拿來一支俗稱五百萬的大雨傘要借給我們，新蕾趕緊跟他說：「我們就快到家了！」新蕾也帶我去看和平公寓前面的那條大排水溝，一整片青綠的布袋蓮占據了水面，幾串淡紫色的花直立在一片翠綠中顯得耀眼，溝邊還站著兩隻雪白的小白鷺，姿態優雅的正在覓食。我已經很久沒看過這樣景色，繽紛卻自然，寧靜卻有機。

「我跟妳說，不要以為這裡都是這麼漂亮，下面那些布袋蓮隔沒多久就要清理一次，不然水溝就會不通。」新蕾在我看得入迷時突然丟來這句話。

「怎麼清理啊？」

「就社區總動員啊！大家會利用假日來清理，大人小孩都會穿雨鞋進到水溝，把整片布袋蓮裝到袋子裡，等水溝重見天日後，就可以把那些袋子背回岸上。」

「喔！聽起來很有趣啊！」聽新蕾這麼說，我都有種想參加的感覺

了！

「有趣？有時候太陽有點大耶！不過也還好啦！因為妳可以名正言順地站在水裡，踩在爛泥巴裡的感覺還蠻好玩的！而且通常工作完，那天就會有大餐可以吃。」

突然，停在水溝旁的小白鷺，飛了起來，白色的身影飛翔空中，我這才發現雨停了！

「妳好像很喜歡這裡耶！我爸爸也很喜歡來這裡散步，對了！下次要拔布袋蓮的時候，我一定會記得要找妳！」新蕾說。

「喔！好啊！」

我望著這附近，雨後所有景色都被重新洗滌出來了，清新微涼的空氣讓人精神一振。

好舒服！

3 適應

外頭舒服的風並沒有吹進佳佳阿姨家裡。我站在門口，就聽見裡頭傳來她充滿憤怒熱度的聲音：「喂！你到底要不要把頭髮擦乾？還是你不會？」

「我不要擦啦！那等一下自己會乾！」阿海的聲音聽起來很不耐煩。

「現在小孩怎麼都這麼麻煩？喂！你等一下感冒，被你媽罵，不要

怪我！」

「阿姨！我有名字，妳不要叫我喂！」

「喔！這樣啊！」佳佳阿姨停了半晌，又問：「喂！那你叫什麼名字？」

「哼！妳果然不記得！我叫天海啦！」

「啊！對啦！我記得你媽媽都叫你阿海。」

「對！妳要叫我的名字，我的名字很好聽，不可以叫我喂！老師說這樣很不禮貌！」

有時候我實在很佩服阿海，他面對陌生人時，總是不怕生，我們是姊弟，卻完全不同。

「你們老師真麻煩！那……喂！天海，你幫忙把地上擦一擦，你正在到處滴水。」

「沒辦法啊，沒有傘，大家又都走了！我只好用跑的回來。」阿海的語氣很無奈。

「沒有人去接你們嗎？」聽起來佳佳阿姨像是隨口問問，語氣相當平緩。

「沒有！媽媽說她要去找工作，阿姨，妳也沒有來接我們！」阿海聲音裡聽起來有種抱怨。

「我？我……根本就忘了有你們！我今天事情很多！」

阿姨說得直接，屋內突然一陣沉默，我感覺阿海和我就像孤兒一樣，阿海一定也想到同樣的事。

「對阿！看得出來，因為妳的桌子越來越亂了！要不要幫忙整理啊！我很會整理東西喔！」沒多久，阿海打破沉默，聲音輕快的說。

阿海真的很厲害，才第二天就敢跟佳佳阿姨開玩笑。

「不用了！你去拖地就好！」

「拜託啦！」

「不用！」

「拜託！我幫妳把桌上那些擤鼻涕的衛生紙先丟掉就好！」

「不用！那不是擤鼻涕的，那是……」

「好啦！我幫妳收！」

「你很煩耶！」

「是阿姨妳太髒！」

「什麼？可惡！我說不贏你！好啦好啦！你先去把身體弄乾，再來幫忙！我先說喔！我工作很忙，不准幫倒忙！」

「好！」阿海先是開心地大喊，之後我又聽到他問：

「咦？為什麼姊姊還沒回來？」

「對啦！你姊姊叫什麼名字？」

佳佳阿姨果真沒把我們的名字記住。

「阿姨，妳記性很差耶！」

「沒禮貌！我記性根本沒好過！」

「哈哈哈……等一下姊姊回來，我要跟她說，妳好好笑喔！」

「你姊姊到底叫什麼名字？」

「雨晴啦！」

「你們家兩個小孩的名字都很難記！不知道是你媽媽還是你爸爸小說看太多，取這麼夢幻的名字。」

「我們的名字是媽媽取的……爸爸！哼！他才不會管我們。」阿海的聲音轉為憤怒。

裡頭談話突然斷線，這時我忍不住想伸手敲門，卻聽見身後傳來一聲「雨晴！」我一轉頭，媽媽站在樓梯口，不知道在那裡多久了，不知道她是否也聽到阿海的話。

「媽媽！妳回來了！」我給媽媽一個大笑容。

「今天都還好嗎？」媽媽一臉疲憊，卻還是努力擠出笑容。

「嗯！都還好。」我點點頭。

「怎麼不進去？」

「要啊！」我趕緊伸手按了一下電鈴。

叮咚！

阿海的聲音從裡頭傳來：「一定是姊姊回來了！」接著門一開。

「姊，妳有沒有淋到雨？我要幫佳佳阿姨打掃喔！」阿海看著我，興奮的說，突然他眼神一亮，看到站在我身後的媽媽，更是開心的大喊：「哇！媽，妳回來了！」

媽媽微笑，還順便揚了揚手上的袋子，說：「嗯！我替你們帶了甘梅薯條。」

我和阿海都很喜歡炸過的番薯條撒上梅子粉，以前媽媽下班，她都會買一小份讓我和阿海分著吃。阿海接過袋子，衝進廚房要找盤子，他喜歡吃東西時有吃東西的氣氛，所以都要用盤子裝得美美的。

「佳佳，謝謝妳！」媽媽對佳佳阿姨說。

「謝什麼？我忙到根本就忘記妳有小孩。」佳佳阿姨說話很直。

「總之，就是謝謝！」媽媽的謝謝裡很像包含了千言萬語。

「對了！妳找到工作了嗎？」佳佳阿姨問。

「嗯！在這附近的一間糖果工廠，需要有人幫忙包裝糖果。」

「包裝糖果？妳不是當會計嗎？」佳佳阿姨的意思大概是認為媽媽大材小用吧！

「非常時期，先安頓下來再說。」媽媽平淡的說。

「嗯！」佳佳阿姨不再說話，她轉身回到她那凌亂的工作區，繼續盯著電腦。

媽媽摸了摸我們兩個的頭，要我們擦乾身體。

「我來準備晚餐！」媽媽說完，就走進廚房，我和阿海忙著弄乾身體，搶著甘梅薯條，之後我們兩個開始一起打掃。

沒人說話的房子顯得沒有溫度，大家好像都在專心工作，我拿著抹布驅逐那些存在已久的灰塵，佳佳阿姨真的很少打掃，我和阿海掃得很有成就感，在一股濃濃的灰塵味中，我又聞到媽媽煮的番茄麵味道，讓我覺得很安全！

4 祕密箱子

接下來的學校生活，我也慢慢適應，雖然還是沒有什麼朋友，但我至少認識新蕾。同學們知道我跟新蕾比較要好，對我也是客客氣氣。我發現新蕾在班上是個領袖型的人物，永遠有人圍繞在她身邊，中午吃飯的時候，新蕾身旁的四張桌子還會合併，好多人圍著一起吃飯，想跟她單獨講話只有在放學後。大部分的同學都去補習了，新蕾卻不用上補習班，她說她爸根本不想花這種錢。

4 祕密箱子

「那妳放學回家後，都在做什麼啊？」我問新蕾。

「寫作業，之後就上網啊！」

「玩線上遊戲嗎？」

「沒有耶！那個我爸會管，我和我哥都不能安裝這些東西。」

「不玩線上遊戲！那上網做什麼？」

「嗯……還是很多好玩的！我和其他人有一個部落格（blog），叫做『祕密箱子』，我們都是作家，會在上面創作。」

「作家？」這聽起來很專業。

「對啊！我的筆名是『缺了一面的箱子』。我們還有『糖果箱』和『旅行箱』。」

筆名耶！真令人著迷，我平時也很喜歡塗塗寫寫，但都是自己寫自己看，沒想到要取筆名，還發表在網路上；而我更沒想到眼前就站了一位跟我有相同興趣的人。

「可以給我網址，讓我也可以上去看嗎？我也想參加。」我開心的說，來到這裡總算有我想做的事。

「啊！……看看可以啦！但不能隨便加入耶！我們一起寫的有三個人，大家之前說好，新成員要經過所有人同意才可以加入。」

「喔……那……」這讓我有點尷尬。

新蕾聽出我的不自在，而我發現她臉上也有種猶豫。

「妳也喜歡寫東西對不對？」新蕾問我。

我點點頭。

「不然我給妳網址，妳先看看再說，如果真的想加入，我們再來開會。」新蕾一邊說一邊從書包裡翻出一張紙片，在紙上寫下了一排網址遞給我。

「謝謝！」我感激的接過。

「我們這個網址是祕密喔！連班上同學都不知道，說好只給好朋友喔！」

我感激的看著新蕾，照她這麼說，她應該已經把我當好朋友；而有

秘密
箱子
ENTER

個可以一起分享的朋友，感覺其實很不賴。

我緊握著紙條，愉快的走回佳佳阿姨家後，發現只有阿海一個人在家。阿海說，佳佳阿姨她今天去交自己做好的設計案子。

真是個好機會，我若無其事的跟阿海說：「那，我用一下佳佳阿姨的電腦。」

「用啊！我剛剛已經偷用過了！」沒想到阿海比我更大膽，他繼續說：「妳不要在她的電腦上亂存或亂刪東西，她就不會發現，我覺得這個佳佳阿姨很迷糊！」

「喔！阿海，你什麼時候開始變得那麼奸詐？」

「咦？我本來就都這樣啊！啊！我要去寫作業了！」阿海一副很訝異的樣子，讓人看了就很想打他。

阿海離開後，我坐在佳佳阿姨凌亂的電腦桌前，打開瀏覽器，輸入紙片上的一串網址，按下ENTER後，雪白底印著粉紫色小花的畫面，出現在我面前，左上角寫著「祕密箱子」，那字體是深紫色襯著黑邊，深

邃而神祕，左下方是大家所發表的作品名稱，我看到新蕾用筆名「缺了一面的箱子」所發表的文章，裡頭有一篇叫「想念」，我點進去一看，那是一首詩：

大家都說
不能想
再想
就哭

我哭
就能
繼續想

這真的是新蕾的詩嗎？她在想念誰？這種悲傷的感覺，跟她給我的感覺都截然不同。我再往下看，她還有一篇叫「哪一個是真的我？」，我好奇的點進去看，卻跳出一個密碼框，說明這篇文章受主人保護。再往下看一篇，篇名很嚇人，叫「討厭的三八」，一樣也是要密碼。新蕾的大部分文章都有受保護，我再看其他兩個人，「糖果箱」寫了一整個系列叫「箱子裡的糖果故事」，有水果糖、薄荷糖、太妃糖的故事，但是一樣要密碼。另一個人叫「旅行箱」，則很少分享文章，她在一篇文章中說：「我喜歡不停的旅行在別人的故事中，卻不喜歡停著寫！」

瀏覽著她們的部落格，我有一股很強烈的衝動想加入，我也想開始寫，不過目前我沒有資格發表，只能回覆別人的文章，我在新蕾那篇「想念」的後面，按下回覆，寫著：「看到妳這樣想念一個人，有種流淚的感覺，我沒有想念誰，我只想丟掉過去的東西，到一個新的地方去。」寫到這裡，我停頓了一下，繼續寫下我的尾句：「這裡，我能來嗎？」按下發表的瞬間，我在想明天要找什麼時間，跟新蕾談這件事，同時，我聽到阿海的聲音：「姊，我聽到媽媽的摩托車聲了！妳還不趕快。」突然的驚嚇讓我馬上關掉視窗，關閉螢幕，逃回房間，挨著弟弟坐在書桌前，拿出書本，打開鉛筆盒，放幾枝筆在桌上，這舉動跟我們從前在家時會做的很像，我忍不住笑了。

「姊，妳剛剛看什麼看到這麼入迷？」阿海沒發現我在笑。

「喔！看同學的網誌！」

「妳同學有網誌喔？這麼厲害！」

「部落格啦！大家都可以申請的。」

「電腦課的時候好像有聽老師說過，不過我不會用。」

「我也不會啊！」我們以前在家上網是有時間限制的，每天只有三十分鐘，而且不准玩遊戲，只能查資料。

「想一想我們真的很多東西不會！」

阿海突然冒出這麼一句。

「我也很多東西不會。」

「不會讀書、不會考試、不會洗衣服、不會煮飯……」阿海洋洋灑灑列了一堆。

「不會唱歌、不會寫英文、不會算數學、不會認路……」我也念了一大串。

「等一下妳會不會去開門？」阿海問。

「不會！」我脫口而出，馬上後悔了！

「連這都不會！」阿海大笑著說。

「可惡！我上當了！」我大叫。

阿海很喜歡玩這些無聊的語言遊戲，我卻還是常常被他逗笑，我笑著用書敲阿海的頭。

「小力一點！小力一點！」阿海抱著頭躲藏著。

「還逃！」他越說我越是大力敲下去。

「哇！虎姑婆！」

我們兩個玩成一團，直到媽媽按電鈴為止。

5 試膽大會

很快的，新蕾就回覆我了，我在她們的部落格上看到一篇新文章「新朋友想加入」，是新蕾寫的，並沒有加密，裡頭說：「給祕密箱子的伙伴們：我們的神祕箱子俱樂部，有第四位夥伴想加入呢！大家要不要討論一下啊？」我看到下面已經有人回應，先是糖果箱回覆：「有人想加入啊！好啊！快來。新的夥伴是妳班上同學嗎？最近我們這裡都沒什麼新故事，怪無聊的！」旅行箱則回應：「糖果箱，妳太激動了！請

按照我們原來說好的，我們要開會，邀請她也來，如果通過測試，就可以加入。」新蕾回覆：「好主意，那不如就約這星期日在圖書館門口集合吧！」糖果箱回應：「沒問題，不見不散！」旅行箱也說：「準時到。」

看到她們寫的，我忍不住寫下回應：「我是摩奇箱，我是想加入的新夥伴，我知道了，星期日我會準時赴約，希望能加入這個俱樂部。」寫完，按下回應鍵。

星期天並沒有像想像的那麼久，媽媽一大早就去加班，我只跟佳佳阿姨和阿海說我要到圖書館念書，他們都以為我是因為家裡太狹窄，需要念書空間，誰也沒多問。

我走在假日的街上，心裡雀躍卻也忐忑，我很想加入她們，卻又怕被拒絕，我也很好奇另外兩位成員到底是誰，新蕾在班上不曾跟別人討論她的部落格，這種緊張的心情逼得我忍不住在人行道轉起圈圈，從前我只要一緊張就會想轉圈，我不在乎別人的眼光，只想旋轉旋轉，轉到頭暈就什麼都不記得了！

我很喜歡轉到頭暈的感覺，喜歡看到所有的東西都融成一塊的樣子。

直到「碰！」一聲，我的右手臂撞到東西，才停下來。頭昏眼花了好一會，定神一看，才知道是撞到旁邊的一棵小葉欖仁路樹，我揉著上手臂，將袖子往上捲，之前的那片瘀傷好不容易快好了，現在又覆蓋上一片紅腫，看來又要一陣子才能好，這代表我的長袖還得要穿好長一段時間，真令人懊惱。

我邊走邊揉著紅腫處，站在圖書館門的對街，我看到新蕾她們三人都到了，我趕緊把袖子一直往下拉，盡可能地往下拉，當新蕾發現我的時候，我的右手四隻手指頭已經扣著袖子，變成握拳，向她們揮手打招呼。我感覺自己的心跳越來越快，我猜臉一定也越來越紅，難掩緊張的過了馬路，站在她們三個面前，我才發現新蕾旁邊的這兩個人，不像是

班上同學，其中一個眼神銳利精明，讓人不敢直視她的目光，她個子小小的，綁著一束馬尾，看起來不是很容易親近。另一個是單眼皮女生，長得高大圓潤，皮膚白細，頭上帶著亮橘色的髮箍，笑起來眼睛瞇瞇的，很可愛。

「這是糖果箱。」她指著帶著亮橘色髮箍的女生。

「嗨！妳好。」我們兩個同時出聲，我看著她，兩人都忍不住笑了。

「有默契！很好！」新蕾笑著說，同時指著綁馬尾的女孩說：「這位就是旅行箱。」

「嗨！妳好。」我對她說，她只是微笑點點頭。

這就是我和新蕾他們三個認識的過程，多年以後，我還是記得這天的一切：每個人臉上的表情、每一句話語以及我那隱隱作痛的右手臂。

新蕾她們帶我到圖書館後方的一處涼亭，涼亭位於一棵大榕樹旁，

陽光幾乎被遮住，僅有少量的陽光勉強穿過樹葉縫隙，掉落細碎光點在涼亭裡的石椅上，我們進去後圍著石桌坐下來。縱使是夏天，坐在涼亭裡仍覺微涼。

「我們討論過了！新成員加入需要參加試膽大會。」我們四人坐定後呆了好一會兒，新蕾先打破沉默說。

「試什麼膽？」我很擔心會不會是要玩什麼鬼屋探險，最近電視常常有這種節目，可是我並不是膽大之人。

「很簡單啦，妳只要講出妳看過最漂亮和最恐怖的畫面，我們以前都有說過。」糖果箱瞇著眼睛說。

「對啊！通過之後妳就可以成為我們部落格中的一員。」新蕾補充說明。

我想如果通過後，就可以看到那些加密的文章，分享祕密，我渴望抓住這個機會，所以拚了命在腦海裡搜尋能吸引她們的故事。

幾分鐘過去了，腦中依然沒有什麼畫面浮現，我只好勉強自己說

話：「那我先說最美的畫面好了！我小時候都是穿褲子，媽媽沒幫我買過裙子，後來念小班的第一天，我姑姑和她男朋友來我家，帶我去逛街，我們逛到一間禮服專賣店，那店裡有好多禮服，用輕柔紗縫製的蓬蓬裙，上面縫了一串用緞布做的玫瑰花朵，還有摸起來很光滑的緞面裙，姑姑幫我選了一件純白蓬蓬裙洋裝，領口、袖口和裙擺都縫上一排很別致的小花朵，當然我是到長大之後才知道那是雛菊，腰上還紮了一條相當美麗的蝴蝶緞帶，穿上這件裙子，我覺得自己就像個小公主，只要一動，緞帶和裙擺就飛起來。姑姑滿意的說：『嗯！好可愛的小伴娘。』後來她也選了一件樣式跟我很像的，她的蓬蓬裙更大，摸起來好舒服，長大後我才知道，原來當時姑姑準備要當新娘了！我還有那時候的照片，我的頭髮被綁得很漂亮，戴了很多亮晶晶的髮飾，真的很像童話故事裡的公主，我好喜歡自己那時候的樣子，這是我見過最美的畫面。」

我劈哩啪啦一口氣說完，卻看見新蕾和糖果箱的眉頭微皺，那表情似乎不太相信，而旅行箱則依然維持冷漠的笑容。

「不美嗎？」在這陽光不來訪的亭子裡，我感覺越來越寒冷。

「是不會啦！」糖果箱瞇著眼睛說。

「妳再說恐怖的畫面好了！」新蕾說。

看來她們覺得我的美麗畫面不怎麼吸引人，搞不好她們也聽出來有一部分是編造的，認為我敷衍她們，這樣我可能很難加入她們的團體。

「那……再來我要說我所見過最恐怖的畫面。」這一回我下定決心一定要講一個最恐怖的畫面。我瞧見她們三個一起盯著我，我於是緩緩捲起右邊袖子，隨著袖子往上捲，三個人眼裡的驚嚇也越來越多。

「噁！」新蕾看到我露出一條條紅痕的手臂時嚇得驚呼。

「很可怕耶！」糖果箱的眼睛甚至不再瞇了！

「這看起來像是被打！妳被誰打了？」連很少說話的旅行箱都問我了。

「我爸爸。」我緩緩的說。

「妳爸爸……會打人？他漲漲打妳嗎？」新蕾搗著嘴，有點口齒不清的問。

「沒有，他平常都好好的。」講到這裡，我才想到我們已經不知道多久沒看到爸爸好好的。「只是他一喝酒，就會發脾氣，跟我媽媽吵架，然後說不過就打媽媽，有時後也會打我和弟弟。」我回憶起來此之前那個如狂風暴雨般的夜晚，突然覺得四周都變寒冷陰森！

「現在還打妳嗎？」新蕾輕觸我剛剛撞到電線杆的那處紅腫，我忍不住抖了一下。

「我也很怕，不過我媽說我們申請保護令了，爸爸不可以隨便靠近我們。」我下意識的把手臂移開，不讓新蕾碰，她也了解似的移開自己的手。

「這一定很痛喔？」糖果箱問。

「被打的時候一點痛的感覺也沒有，只知道他一直打一直打，我不曉得什麼時候才能結束，等爸爸停止之後，我才意識到痛，可是再痛也沒有媽媽痛。」我想起媽媽止不住的淚水，那是種心被撕裂的感覺。

「好可憐喔！……啊！對不起啦！我不是故意這樣說。」糖果箱望著我，眼神裡有種悲憫，突然她從口袋裡掏出一條檸檬糖。「來！這種糖果是新上市的很好吃喔！可以忘記煩惱。」她撕開糖果紙後馬上遞一顆給我，之後再分給其他人。

檸檬糖酸酸甜甜的滋味在嘴裡化開，霎時讓人只注意到它，暫時忘記痛苦。

「雨晴，妳以後有需要幫助要跟我說，我們家有空房間，我爸爸說我假日可以帶同學到家裡，妳也可以來住。」新蕾說。

「謝謝妳，我們現在比較好了！」我說。

「那妳現在住哪？」旅行箱問我。

「喔！我跟媽媽和弟弟住在一位阿姨家，她很照顧我們。」

「啊！雨晴家住在和平公寓，就在我家附近。」新蕾補充說明。

「那新蕾妳要好好照顧她喔！」糖果箱語帶哽咽的說。

「那我們就讓雨晴加入我們的寫作俱樂部啦！」新蕾大聲的說。

「好！」糖果箱說。

旅行箱則點點頭表示同意。

「謝謝妳們。」我激動的說，突然又想到一件事情沒說：「只是這件事情……能不能不要再告訴其他人，我會怕。」

我看見她們都點點頭，我緩緩放下袖子，摀著紅腫發痛的手臂，心裡有一點古怪，大家都以為這是爸爸打的，事實上這是我自己剛剛不小心撞到的，爸爸打的早就快消失了，我不是故意利用，但有畫面的東西似乎較具有說服力。如果現在有一面鏡子，我應該可以看見自己的微笑，因為我拿到參加寫作俱樂部的門票了！

6 加入

我回到家後，佳佳阿姨和阿海都不在，我知道佳佳阿姨的電腦是不關機的，於是我安心的坐在電腦桌前，連上網路到她們的部落格，不！應該說是我們的部落格「祕密箱子」，雪白底印著粉紫色小花的畫面，出現在我面前，左上角寫著祕密箱子，那字體是深紫色中帶著黑邊，有著吸引人想一探究竟的魔力，左下方是大家作品的標題，之前我還只能參觀，但從現在開始我可以看到每個人的文章了！我進入新蕾的那篇文

章「哪一個是真的我？」，它要我輸入密碼，我打下新蕾的密碼「★」，畫面被重新導向到這裡，看到裡頭寫著：「大家都喜歡我一直笑嘻嘻！可是有時候我還是會忍不住生氣，看到喜歡的人跟自己不喜歡的人靠那麼近，我怎麼都開心不起來，忍不住就會臭著一張臉，他問我：新蕾，妳還好嗎？我還故意不理他。我以前打電話問媽媽，媽媽說：那就是『嫉妒』啦！以前我不懂，現在我懂了！我好想把他拉靠近我，離珊珊遠一點。」

新蕾是不是喜歡上誰？這個珊珊又是誰？我們班同學是有個叫魏珊珊的，但我沒注意到新蕾與珊珊之間是否有戰爭，新蕾在班上是人氣王，跟大家都很要好啊！

我再看那篇也被上了密碼的「討厭的三八」**，裡頭寫著：**「我總希望他能注意到我，但是今天得到的是反效果，他看不出來我是故意講話很大聲要吸引他注意，居然抬頭跟我說：『新蕾，妳好吵喔！這樣我沒辦法畫圖！』說完就收拾桌面東西走了，等我再看到他的時候，他已經跟魏珊珊坐在司令台上聊天，似乎聊得很愉快。魏珊珊下課的時候還對著我笑，好像知道這一切，三八！」**在這篇文章後面有旅行箱回覆說：**「只有自己知道的喜歡不是真的喜歡，妳到底有沒有跟人家說妳喜歡他？妳這樣在這裡抱怨，對方根本不知道啊！」**接著是糖果箱的回覆：**「旅行箱，妳這樣太凶了！缺一面的小箱子就是因為害羞。」**新蕾回覆：**「我有試著暗示，但他好像比較喜歡魏珊珊，我曾經看到魏珊珊和張普潔找他一起去畫圖，他居然帶她們去，可是我上次跟他要一張圖，他卻不肯給我。人家不喜歡我，這也沒辦法。」

原來新蕾也是有煩惱的，我一直覺得新蕾在班上人緣好，功課又

好，家庭也很美滿，有一個很疼她的爸爸，每星期都給新蕾零用錢，也常聽她說爸爸要帶她和哥哥去哪裡玩。

接下來看到的是糖果箱的系列故事，每一篇文章都被鎖了起來，我鍵入她給我的密碼「●」，開始讀著糖果箱的故事，第一篇是「薄荷糖」，裡頭寫著：「兔子兔寶只有一塊錢，他站在糖果店前面，面對五顏六色的罐子，欣賞著琳琅滿目的糖果，老闆問：『兔寶，你想買哪一種？』一塊錢只能買一顆，兔寶眼睛看了很久，心裡想到好多人，最後他選擇碧綠色的薄荷糖，當老闆遞給他一顆琥珀色的玻璃糖球時，兔寶馬上舔了一口，真的只有一口喔！他握著有點溼潤的糖球說：『好！剩下的，要留給我的主人糖果箱，她喜歡吃起來涼涼的糖果。』『希望她今天的心情跟薄荷糖一樣清涼。』兔寶在心中偷偷地說。」

第二篇是〈蔬菜糖〉，「兔寶拿了一包外頭裹著彩色糖衣的小糖果，遞給糖果箱，對糖果箱說：『這是健康又好吃的糖果，原料是百分百的蔬菜，如果妳真的減肥減到肚子扁掉的時候，可以吃這個。』『誰跟你說我要減肥的？』『沒有人啊！可是妳一定要減肥了！妳比我上次見到妳的時候更胖了！』糖果箱聽了推著兔寶要他離開：『你很煩耶！糖果我收下啦！你快點走。』」

糖果箱的文章讀起來甜甜的和她本人有點像，我現在好像正拾起碎片拼圖，重新拼出每一個人的樣子，每收集到一小片，就感覺離真實更近。

就在我打算繼續收集的時候，突然，聽見大門那裡傳來鑰匙轉動的聲音，糟了！是誰回來了？我趕緊關閉視窗，關閉螢幕電源，逃回房間，緊張的喘著氣，想要拿出作業時，卻發現我的書包留在電腦桌旁邊，此時我也聽見外頭有腳步走動聲，聽起來就是媽媽，我快速的從床邊抓起一本參考書，放在小書桌上，然後趴在桌上裝睡。我聽見外頭有打開塑膠袋的窸窣窸窣聲，應該是媽媽正準備張羅晚餐，她真的很辛苦，必須工作養活我跟阿海，又不要我們幫忙，什麼事情都自己來，現在借住在佳佳阿姨家，阿姨對她又很冷淡。講到冷淡，我覺得佳佳阿姨對媽媽似乎有敵意，媽媽說佳佳阿姨是她的表妹，可是感覺起來更像陌生人。常常是媽媽幫大家煮好了晚餐，佳佳阿姨卻寧願自己到外面去買麵回來吃，感覺很刻意，而媽媽則是默默的將多出來的食物分給我和阿海，一句話也沒多說；但是佳佳阿姨對我和阿海卻還算友善，特別是對阿海，她簡直把阿海當朋友。

「雨晴、雨晴，起來吃東西！」媽媽搖了搖我，胡思亂想之際，竟然沒有注意到媽媽已經進來，我慌亂地撐起上半身，假裝剛睡醒對媽媽說：「媽，妳回來了喔！」

「是啊！妳知道其他人去哪裡了嗎？」

「不知道！我一回來，這裡就都沒人了。」

「阿海會不會玩得太誇張，整天都沒看到人。」

「他可能跟佳佳阿姨一起出去，佳佳阿姨今天好像要去交什麼稿子，昨天他一直喊著想跟，不斷跟阿姨賴皮。」我想起阿海昨天懇切請求的表情。

「嗯！那妳先來吃東西。我有買妳最喜歡的酥皮蛋糕。」媽媽淡淡的點點頭。

「喔！好！」

好久沒吃酥皮蛋糕了，那是以前我們表現良好時的獎勵品。我跟著媽媽走到外面，看到餐桌上有一盒酥皮蛋糕，我從裡頭拿起一片，把外圈的起司酥皮一小節一小節剝下來慢慢吃，等到外面那圈吃完，才開始啃軟嫩的蛋糕，這是我們家最常買的蛋糕了。

「雨晴，妳最近是不是常用阿姨的電腦？」媽媽背對著我，站在冰箱前突然問，她這一問，讓我有種突然被蛋糕噎到的感覺，趕緊起身要倒水來喝。

「我……」猶疑了一會，我喝下一小杯水後說：「對！我會用阿姨

的電腦上網。」

「阿姨有同意嗎？」

「我沒問，不過我都沒有亂動裡面的東西。」

「雨晴。」媽媽轉身回到餐桌旁，看著我問：「我發覺妳最近很喜歡上網，佳佳阿姨並沒有要借妳電腦，妳怎麼可以自己偷用，還有妳好像都會上一個叫祕密箱子的網站。裡面那些人是誰？」

媽媽怎麼知道我上網的事，看起來事情糟糕了！

「我同學啊！妳怎麼會知道？」

「沒有什麼事情是媽媽不知道的！那些文章都有密碼鎖起來，是寫些什麼糟糕的內容嗎？」

媽媽追根究柢的精神又出現了，可是她今天問話的方式令我很不舒服，我嚴正抗議：「妳怎麼這樣講，我們才沒有寫什麼糟糕的內容，那是我跟朋友一起合力發表文章的部落格，大家會在裡面寫故事寫心情。」

「雨晴，媽媽知道妳長大了，最近我們家亂七八糟的，媽媽也沒有力氣多管妳這些事情，妳自己要有原則，不要做錯事，你們兩個如果再有人出問題，我一定會崩潰。」媽媽看著我，眼神憔悴而哀傷的說。

「我什麼事情都沒有做啊！我同學只是邀請我加入她們的部落格，我也只是寫文章。我好不容易認識幾個新朋友，妳不要一直擔心啦！我長大了，我會照顧自己的。」看媽媽這樣，我忍不住安慰她。

「那就好，媽媽是真的累了！」我看到媽媽憔悴的表情，忍不住放下手裡的蛋糕，給她一個大擁抱，媽媽愣了一下，隨即也把我抱得緊緊的，就像小時候一樣，而我本來含在嘴裡的蛋糕，卻變得好硬，有點難以吞嚥了。

陌生的親人

「我媽最近工作很辛苦，她一邊要養我和弟弟，一邊又要擔心我爸會突然出現。我很想多幫她一些什麼，但是媽媽都說：『不用，沒關係！』真的沒關係嗎？她看起來眉頭越鎖越緊，我注意到她最近晚上睡覺的時候手機都關機，好像是怕半夜會突然響起。」我打上最後一個句點，選擇是「加密文章」，輸入密碼，按下發表，看著網頁出現：摩奇箱今天新增一篇文章，突然感覺有點怪怪的；我有寫日記的習慣，但日記可以不用公

開，現在把心情寫給別人知道，有一點擔心，但是我又覺得部落格很好玩，因為可以讓我期待別人的回應和關心，這大概就是「矛盾」吧！

「姊！妳一大早起來幹麼？」我看見阿海睡眼惺忪的拿著書包走到客廳。

「喔……我上網啦！」

「妳是不是在看什麼色情網站啊？最近老是鬼鬼祟祟的！」

「哪有？不要亂講！」我趕緊把瀏覽器的視窗關掉，跟阿海說：「走啦！上學了！媽媽呢？她還沒起來？」

「還沒啊！她很累，要多睡一下。」

「佳佳阿姨呢？」其實我知道阿姨都是接近清晨才會去睡覺，所以我得在清晨才能用電腦。

「她是貓頭鷹，早上睡，而且一直睡。」阿海邊說邊走到浴室刷牙洗臉。

我走到餐桌旁拿起媽媽昨天晚上就放好的一百塊錢，把它放進書

包，對阿海說：「你快點，我們要出門了，還要買早餐耶！」

浴室傳來阿海因為滿嘴牙膏泡泡造成的含糊聲：「妳……不用……刷牙……洗臉喔！咕……。」

「早就弄好了！」為了能上部落格，我比平常更早起，將一切瑣事提前完成，就等阿海跟我一起去上學。

要上課上班的早晨很熱鬧，連早餐店也是人山人海，我們站在早餐店門口，排隊等著買豆漿和燒餅夾蛋。老闆和老闆娘兩個人忙得團團轉，老闆要負責看顧燒餅出爐，再應顧客需求做出各種燒餅組合，老闆娘則是要照應爐上正在滾沸的豆漿，一邊幫我們裝杯，一邊算錢。厲害的她能夠在幾秒鐘之內就算出金額，還不會忘記我和弟弟的錢要分開找，媽媽給的一百元，是我和弟弟的早餐錢，沒用完的就是零用錢。

「來，你們的早餐好了！」老闆娘遞給我和弟弟一個人一個袋子和所找的零錢。「姊姊的是30元，弟弟也是30元，對了！今天阿姨有很多油條，一人再多半根。」她一說完，老闆馬上把折成兩半的油條再放進我和弟弟的燒餅中。

我和弟弟感激地說：「謝謝！」

「不用謝啦！你們兩個是我這裡最忠實的顧客！快去上學吧！」老闆娘揮揮手說，我看到站在她身後的老闆，也微笑的對我們點點頭。

我們沿路上都在討論回去要建議媽媽開一家像這樣子的早餐店，就像好鄰居一般，說著說著阿海的學校先到了。

「姊！拜拜！」

「拜拜！」

看著阿海轉身進校門，我則回頭繼續走我的路，就在這一瞬間，我看到一輛很熟悉的橘黃色車子緩緩開過，我趕緊再轉頭，不會吧！我一定是眼花了看到幻影，這輛車不可能出現的。等我安定下複雜的思緒後，再轉頭，那輛車已經不見了！應該只是眼花。

然而懷著這樣不安的思緒，到學校後我沒有辦法聽到老師在說什麼，跟同學講話也心不在焉。下課時，新蕾說：「我要上福利社買東

西。雨晴，妳陪我去。」其他同學聽到新蕾要去福利社，登記了一堆想買的東西，新蕾忙著說：「好了！不要再寫了，我們兩個人才四隻手，拿不回來啦！」

新蕾邊走邊抱怨：「這些人，自己想吃不去買，老愛靠別人。小毛這傢伙已經那麼胖，都要參加減重班了，妳看他還要買兩個波羅麵包喔！真可怕，他什麼時候吃啊？……喂！雨晴，妳今天怎麼了，都不說話。」

我感覺到新蕾推了推我的手臂。

「喔！沒有啦！」

「妳有心事要說，妳媽媽最近還好嗎？」

「喔！還好！」

「妳爸爸現在不是都不能靠近你們……」

「對啊！我們有保護令！」但是話雖這麼說，我卻發現遠方有個人影快速朝我們的方向走來，那身形看起來就好像是爸爸。

我像石膏像一樣呆立原地，新蕾看我沒跟上，就走回來。問：「妳怎麼了？」

「原來不是幻影，真的是爸爸！」我想我已經開始自言自語。接著我拉著新蕾的手，轉身就跑：「新蕾，我們快走，我爸爸來了！」

「哪裡？」新蕾被我拉得摸不著頭緒，只能隨我一路狂奔。我聽見身後傳來大喊：「雨晴，停下來，我是爸爸啊！」

多麼熟悉的聲音；就是爸爸才不能停下來！新蕾似乎知道了，本來是我拉著她跑，她跑得比我還快，現在換她拉著我跑。

「溫雨晴，妳給我停下來，跟我回家，等一下我們還要去帶阿海回家。」

我什麼都不能思考，只感覺新蕾抓緊我的手，穿過一條又一條的小路，爬過了花圃，轉彎，再轉彎。回到我們班門口，她帶我朝著裡面衝進去，接著門「砰」一聲被關上，全班突然一片安靜，我全身發抖的站在門邊，上氣不接下氣，我發現身旁新蕾的手也抖得好厲害，同學們的眼神就像鏡子一樣，反映出兩張被追捕時驚惶失措的恐怖臉龐。

「怎麼了？」有人問。

「快點！雨晴的爸爸來學校找她。大家趕快關門關窗戶。」新蕾邊喘邊關門關窗，其他人其實不知道發生什麼事，卻也是跟著做。

當我們把門窗關好後，爸爸竟然也已經出現在教室外，教室的窗戶是毛玻璃，我只能隱約看見爸爸跑得氣喘吁吁的身影。

「雨……晴……出來，我……要……帶你們回家，爸爸好久沒看到你們了！」爸爸拍打著窗戶。

「還要多久才上課？老師哪時才會來？」新蕾大聲的問。

「這是大節下課，還要十分鐘左右才上課！」有人緊張的回答。

「雨晴！出來！」聽到爸爸的叫喚聲，我的發抖竟停不下來。

「怎麼辦？」「雨晴的爸爸在幹麼？」同學們一臉驚懼，此時門外的爸爸還在大喊：「雨晴！是媽媽叫妳這樣做的對不對？對爸爸這麼沒有禮貌！你們兩個都該跪下來說對不起。」

聽到爸爸的這串咆哮，我知道他又喝酒了，他只要一喝酒不開心，就是要我們下跪道歉。

「雨晴！出來，不然我就把門打破衝進去。」爸爸大力拍著玻璃，我感覺大家都驚懼地看著那扇嘎嘎作響的門。

「不行了！要先去找老師！爬窗出去！傅宇軒，幫我！」新蕾說。我看見她轉身去抓了一個男生，兩人從教室的另一邊爬窗出去。我也看到魏珊珊跑過去，很小心地幫他們開窗戶，說：「宇軒、新蕾你們小心一點。」傅宇軒先爬出去，他小心的抓著新蕾的手，讓她安全落地。他們兩個一離開，魏珊珊馬上把窗戶關起來。

「雨晴！爸爸說最後一次！妳要不要開門，不然我就自己進去了。」爸爸還在怒吼。

全班看著我，新蕾不在旁邊，我害怕的垂下頭，突然「啷！」一聲，玻璃碎片散落一地，門邊的窗戶被打破了，我看到爸爸的手從那裡伸進來，將喇叭鎖轉開，門開了，爸爸帶著滿身酒味進到教室。

「啊！」全班驚叫聲不斷，大家紛紛走避，而我站著竟然沒有辦法動。

「啊！好啊！雨晴，妳竟敢躲在這裡。走！回家。」爸爸看到我，用力拉起我瑟縮的手，要往門口走去。

我死命掙扎想要拉回我的手，將身體往後傾斜不肯往前。

「雨晴！爸爸帶妳回家。」爸爸對我吼。

「我不要！」我大喊並持續掙扎。

「什麼不要！」突然手上一鬆，原來爸爸放手了，但緊接著「啪」一聲，我的左邊臉頰一陣熱痛，爸爸又打我了！從剛才到現在一直都沒有哭的我，好像是被打中淚管一般，眼淚不由自主一直流下來。

「雨晴！對不起！對不起！」他伸手想要抱我，像媽媽那樣把我抱

在懷裡，但打我和抱我的都是同一雙手，我身上的發抖沒有停過。

我用力推開爸爸，跟他說：「媽媽說你不可以接近我們！」

「什麼？什麼？我是妳爸爸，為什麼不能接近你們？妳說啊！妳說啊！」

「媽媽說你不可以接近我們，我們有保護令，你會被抓去關起來。」

他本來因為喝酒脹紅的臉，現在更紅了，我知道我激怒爸爸了。

「妳給我跪下！當小孩的怎麼可以這樣跟爸爸講話。」爸爸拉著我。

我掙扎不肯，爸爸硬要我跪，最後他開始打我，逼得我蹲下身體。

「跪好！妳媽媽到底怎麼教你們的。都忘記你們有個爸爸了！其他人，你們是看什麼看！」

我的膝蓋跪在一堆碎玻璃上，頭不敢抬高，爸爸還在大聲斥責，我也在心裡詛咒著爸爸。

「溫先生，你在做什麼？」我聽見我們班老師的聲音。

「妳是誰？」

「我是雨晴的老師。」

「老師？那正好，我要問問妳是怎麼教我的小孩？教她對爸爸這麼不禮貌！不認自己的爸爸。」爸爸連老師都罵。

「你不要這樣打她，她就不會對你不禮貌。」我聽見新蕾喘著氣又大聲說。

「妳是誰？」爸爸大聲問。

「溫先生，你不能讓雨晴跪在這裡。」我聽見老師的聲音一字一句清晰的傳遞出來。

「為什麼？這是我的小孩，我要怎麼

管，就怎麼管。」爸爸咆哮著上前說。

「孩子是國家的財產，不是你的，你要搞清楚。」老師勇敢的上前拉我起來，接著聽到她高聲說：「啊！膝蓋流血了！」我望著自己的膝蓋，鮮紅的血遍布膝蓋，形狀竟像碎了的心。

「妳幹麼？妳幹麼？放開我女兒。」爸爸的聲音又大起來，但他卻不敢靠近我。

「新蕾，妳帶雨晴去擦藥。」我的老師邊說邊把我推給新蕾，新蕾摟著我的肩，帶我離開這裡。

「我們沒有要幹麼！只是保護你的孩子而已，你這樣喝得醉醺醺的跑到學校打自己的小孩，一點也不像是爸爸。溫先生，警察再過幾分鐘就會趕到這裡，請你跟他去一趟警察局。」我邊走邊聽到老師冷靜的說。

「可惡！妳給我記住。」

「啊！老師！雨晴的爸爸溜了！」我聽見大家一陣驚呼。

「沒關係，警察會找到他！」我越走越遠，卻還是聽見老師大聲的說。

8 在宗

在媽媽和阿海都出門後，我才悄悄推開房門，外頭的客廳一片昏暗，我拉開陽台邊的窗簾，讓陽光照進室內，我坐到佳佳阿姨的工作區裡，撫著膝蓋上的紗布，我已經整整兩天沒去上課，但我還是知道學校的事，祕密箱子部落格持續有新文章發表，新蕾用她的暱稱「缺了一面的小箱子」寫著：「同學們都很同情摩奇箱的遭遇，一直問我知不知道她的消息，我都跟同學說：『要讓她好好休息！我們不要去吵她！』不知道她這幾天是否好一點了！這幾天我在想如果我爸爸這樣到學校罵我，還打我，要我做我不想做的事情，我一定會氣到想讓爸爸『消失』。我好想跟摩奇箱說，可以來我家住，住多久都沒關係。」**糖果箱則寫：**「我有許多忘憂糖，這是跟神奇的天空買來的，每當發生不如意的事情，我就會從罐子裡拿出一顆來吃。忘憂糖吃起來很像把雲放在嘴裡，軟軟的，棉棉的，憂慮都離開了！等我遇到摩奇箱的時候，也會送給她一包忘憂糖。」**而旅行箱的留言簡潔：**「我聽說了！如果需要幫助，請告訴我。」

她們的留言暖暖的，是有溫度的，我把自己這幾天心裡的話全寫在網路上：「我以為爸爸已經放過我們了！現在才知道自己是天真的，儘管

事情變成這樣，我還是要先說我的爸爸是個好人，他只有在喝酒之後才變成壞人，變得連我媽媽都不認識他，當我還在學走路的時候，爸爸每天工作一結束，就是彎著腰牽我去散步。到了我升上四年級以後，爸爸的工作突然走下坡，他賺的錢越來越少，脾氣也越來越壞。媽媽一開始還會跟他說：『沒關係！可以再找更好的工作。』可是爸爸沒有心思找更好的工作，他喜歡以前的工作。有一天晚上，他喝得醉醺醺才回家，那是我第一次看到爸爸醉得連路都走不穩。送爸爸回來的叔叔說：『雨晴、阿海啊！多照顧爸爸，他心情真的很不好。』

那天晚上媽媽要加班，我和阿海只好讓爸爸睡在客廳，酒醉的爸爸一直罵人，罵老闆、罵公司、罵老天爺，最後我聽到他罵媽媽，說媽媽一點也不體貼，只會跟兩個小孩說：『好好認真，以後不要像你爸爸一樣。』可是我真的清楚記得媽媽沒有講過這樣的話。他越罵越大聲，我和弟弟只能坐在旁邊哭，不知道過了多久，媽媽回來了，那天她很累，看到爸爸又喝成這樣，她氣得把他從椅子上拉起來，就是一陣大罵：『溫子祺！你到底在幹什麼？我辛辛苦苦工作了一天，你卻喝得醉茫茫，讓兩個小孩在這邊哭，你有沒有良心？』

『肖查某！』爸爸這樣罵媽媽，我真的嚇傻了！他怎麼可以罵媽媽是肖查某呢？爸爸自己也有媽媽，他的女兒也是女生，他這樣是罵到所有女生。『你說什麼？我辛辛苦苦工作回來，不想聽到你那些罵人的屁話。』媽媽生氣的大喊，我看到爸爸整張

臉脹紅了，再來我就不清楚事情是怎麼發生的，只知道爸爸打了媽媽，是很大力的那種打，臉、頭、背、手、腳。我和弟弟哭著要拉住他，他的力氣好大，怎麼拉都拉不住。後來爸爸連我們都一起打，我一直尖叫。我也不記得事情是怎麼結束的，後來客廳就剩媽媽、弟弟和我。我看到媽媽的臉嚇了一跳，整張臉都是紅腫的，臉上還有血。阿海也是，他的額頭腫了一個包，我想我自己一定也是很慘，我好氣爸爸！他怎麼會變成這樣。後來與媽媽一起工作的阿姨跟媽媽說一定要去驗傷，這樣爸爸才不會一直打我們，媽媽沒有這樣做，她說爸爸只是突然這樣，會好的。我也深信爸爸會改過，他第一次打完我們，我們隔了好幾天再看到他時，他的表情很心虛，他一定記起那天晚上發生的事了，但他沒有安慰我們，只是匆匆忙忙出門，媽媽說爸爸不敢面對，後來爸爸酒越喝越多，我們更想躲著他，常常半夜要擔心他回家大吼大叫。我覺得爸爸其實一點也不想變成這樣，他有他沒說出來的苦，我可以諒解。

講這些事情不是要你們同情我或可憐我，我最討厭這樣了！請缺了一面的箱子轉告大家：摩奇箱很好。我爸爸現在也許正後悔著，他也許會有站起來的一天，我們應該都往好的『也許』來想。」

我把藏在心裡的這些話寫出來之後，突然感到一種輕鬆，我按下「發表」鍵，看著自己的心情故事出現在網路上，覺得膝蓋上的傷不再那麼痛了！我想如果長大以後我像佳佳阿姨那樣，留在家裡寫故事，當個作家應該也是不錯的選擇。

「雨晴，妳吃早餐沒？」佳佳阿姨像貓一樣，無聲無息的出現在我前面，站在我的前方，我嚇了一跳，她不是都快到中午才會起床，今天怎麼這麼早，更糟的是，我現在正坐在她的電腦前面，這下人贓俱獲。

「還——沒！妳要吃早餐嗎？媽媽有買吐司，可以烤來吃。」我眼睛看著佳佳阿姨，右手憑感覺迅速的關掉網頁。

「妳用電腦沒關係啊！」佳佳阿姨平和的對我說。

佳佳阿姨發現了我用她的電腦，我慌恐的看著她，囁嚅的說：「對不起，我沒有經過妳同意就……」

「真的沒關係，我知道妳很想上網啦！我也知道妳只是上網去看妳和同學的部落格！沒有亂動我電腦裡的東西，妳媽媽把你們都教得很好。」佳佳阿姨客氣的態度讓我倍感訝異。

媽媽把我們都教得好？天啊！「佳佳阿姨！妳可不可以不要跟媽媽說這件事，她一定會很生氣。」我很擔心媽媽如果知道我還是繼續偷用電腦，她一定會很生氣。

「當然！這我懂！我以前也做過壞事，只是我的電腦裡面都是放工作要用的資料，不方便借你們，我會把一台很久沒用的筆記型電腦找出來，整理一下，借給妳和阿海使用。」佳佳阿姨在講這話的時候，語氣平常得好像在說晚餐要吃什麼一樣。

「謝謝！」我很感激阿姨主動給予幫忙。

「對了！紗布包那麼大塊，還痛嗎？妳的腳可以行動自如嗎？」佳佳阿姨蹲下來仔細檢查我的傷口。

「已經不太痛了，走路也沒問題。」我說。

「那妳要不要跟我一起去吃早餐？我突然好想吃法式吐司。」

「可是……」我摸著膝蓋上的厚紗布，再摸了摸胳臂上的小傷痕，「我已經吃飽了！」我跟佳佳阿姨說。

「喔！我忘了！妳現在一定不想出門。這種天氣還要穿長袖真的太累了！我們在家做早餐就好。」佳佳阿姨平淡的語氣正好降低我的不安。

「啊！有吐司，正好！」佳佳阿姨順手拿起桌上的吐司，我跟著她走進廚房，只見她從冰箱拿出鮮奶和雞蛋，看我站在一旁，就要我幫忙拿放在櫃子上的大鐵盤。

我滿腹疑問拿下大鐵盤放在桌上，佳佳阿姨把蛋敲破放入鐵盤中，再倒了一小杯鮮奶進去，又放了兩匙的糖，接著要我拿湯匙來把這些材料攪拌均勻，她則轉身去找掛在牆上的平底鍋，我將白色的牛奶、黃橙色的蛋黃、透明的蛋白和感覺沙沙的糖攪拌在一起，看著它們慢慢變成淡淡的鵝黃色，這時我聽見阿姨咕噥著說：「沒有奶油……啊！沙拉油

也可以啦！」

她打開瓦斯爐熱鍋，又將沙拉油倒進鍋內，讓鍋內整面都布滿了油光，在這空檔，她拿出吐司片到熟食砧板上，對切後，要我將吐司放入裝滿蛋液的鐵盤中，我將吐司沾上蛋液後遞給佳佳阿姨，她將吐司放入鍋中，「嘶」的一聲，蛋的味道馬上衝上來，隨即香味四溢。

「雨晴，這鍋子給妳喔！」佳佳阿姨說。

「我不會啊！」我驚慌的說。

「別擔心！大約三十秒後翻面，如果妳喜歡吃焦焦的，就等久一點才翻，我的法式吐司很簡單啦！」

「這就是法式吐司？」

「哈哈！是『佳佳牌法式吐司』！最適合配上一杯濃濃的黑咖啡，喔！不過妳是小孩子不適合喝，那弄奶茶好了，啊！只不過你們早上可以喝奶茶嗎？小孩子好像有很多禁忌，是最麻煩的年紀。」佳佳阿姨邊笑邊說。

「茶好像會讓牛奶不易被腸胃吸收，不過我很久才喝一次，應該沒關係。」

「我也這樣覺得，久久喝一次嘛！」佳佳阿姨聳著肩，擠眉弄眼的表情很「俏皮」！接著佳佳阿姨在一旁忙著燒開水、找茶壺、找茶葉，而我面前的鍋子正煎著一片片香氣誘人的法式吐司。

等我們弄好這些食物，佳佳阿姨說：「走！幫我把早餐拿到客廳的桌上，廚房太暗了，不適合吃早餐。」佳佳阿姨找了畫有幸運草的托盤，放上一個素淨的瓷盤，之後將法式吐司放到盤子裡，又在吐司上面淋了一層蜂蜜；接著又將兩只天藍色的杯子放進托盤，倒入熱呼呼的紅茶，而冰牛奶就放在桌上，喜歡喝多濃的奶茶就自己加。看著放滿豐盛食物的桌子，佳佳阿姨說：「嗯！好像還缺了點什麼！」她走回廚房，打開冰箱繼續翻找，沒多久，拿出了柳橙、奇異果、蘋果、香蕉這些水果，她將這些水果對切放入托盤，雖然我已經吃過早餐，但看到佳佳阿姨布置好的早餐桌，又一直聞到紅茶和吐司的香味，我居然覺得肚子又

餓了！

佳佳阿姨和我一起在明亮的客廳裡吃早餐，陽光灑落在沙發上，我們很像沐浴在陽光澡盆中，不太真實，佳佳阿姨問我：「妳哪一天要回去上課啊？」

「不知道！我很怕回學校會遇到爸爸，我昨天有問過媽媽，她說她會先去解決這件事，讓我安心上學。」我咬了一口吐司說。

「妳爸跟妳媽吵架吵很久了嗎？」佳佳阿姨啜了口奶茶後說。

「很久了！阿姨，妳都沒問媽媽嗎？」

「當然沒有，妳媽才不會想要跟我說呢！」

「因為妳也沒有問她吧！」

「問她要做什麼！」佳佳阿姨的不屑表情讓我有點受傷，她大概也發現了，趕緊問：「對了！妳爸爸媽媽從妳很小就不和嗎？」

「不是！我們家以前很好，爸爸媽媽每個星期都會帶我和阿海去公園玩。爸爸會打人是從他工作開始不順利以後。」

「他工作不順利？那也好幾年了吧！」

「阿姨，妳怎麼知道？」

「我？妳爸爸說的啊！」

爸爸不是覺得這很丟臉，他怎麼會跟佳佳阿姨說呢？我想我滿臉的疑惑佳佳阿姨一定看見了，她看著我的眼睛說：「不要訝異，小時候，我和妳爸爸是鄰居。我們從很小的時候就是朋友了！一直到他跟妳媽媽結婚前，我們都還是朋友。」

「阿姨！妳是不是不喜歡我媽媽？」我小心的問。

「不喜歡？哪有？」阿姨眼神看著遠方，不肯看我。

「可是媽媽買的東西妳都不吃！妳也不會跟媽媽聊天。妳跟媽媽不是表姊妹嗎？」

「那是因為——我，我不習慣和大人相處。」阿姨講得有點牽強。

「那妳比較習慣和誰講話？」

「小孩子吧！相較之下我比較喜歡和阿海聊天。」

「那是因為妳特別喜歡阿海吧！」

「才不是！我的工作不需要說太多話，況且我本就話少，加上我說話太直，常會得罪人，久而久之，我變得不愛說話。跟阿海談得來是因為他說話也很直，直來直往就不需要太多修飾，但是啊！跟雨晴妳講話，我就發覺妳越來越像大人，會藏住一些東西。」

「所以沒辦法『交心』？」我記得我在謝爾・希爾弗斯坦的書上看過這首詩。

「哇！這詞用得很好，我喜歡，得把它記下來。」阿姨說完，放下杯子，從陽光下離開，走回工作桌，拿鉛筆在筆記本上寫下。

交心？這個詞要說到做到應該有相當難度吧！我怎麼覺得佳佳阿姨沒有完全講真話。

9 背叛

「爸爸根本不會改過，不要再痴心妄想了！因為爸爸又打媽媽了！

我已經第四天沒去上學，昨天一個社工阿姨陪媽媽回來，媽媽的頭上用紗布包紮，纏了好大一圈，半個頭部都被套住，左臉頰又紅又腫，我心急的問媽媽：『爸爸又打妳？』媽媽眼眶馬上紅了！她要我幫她去倒杯水，我在廚房隱約聽到社工阿姨說：『溫太太，妳不可以單獨私下跟妳先生談判，妳一定要請我們出面，否則他如果動粗是很危險的。』

『我知道，謝謝你們幫忙，今天真的謝謝。』我聽見媽媽的聲音裡帶著濃濃的鼻音。

『我整理了妳的資料夾，發現妳先生家暴的情形越來越嚴重，甚至到學校找孩子，我可能要給妳個嚴肅的建議：妳是否該考慮訴請離婚？』社工阿姨很嚴肅的說。

離婚？聽到這兩個字，水杯裡的水被我潑出來大半，如果爸爸和媽媽離婚？那我們勢必就要變成單親家庭！雖然現在我們已經很像單親家庭了！我不喜歡我爸爸，但我也不喜歡沒爸爸。

『離婚？我……我……現在一切都很混亂，妳讓……，我得好好思考一下。』媽媽語無倫次的說。

『如果沒有辦法解決妳先生打人的情形，我真的強烈建議妳要考慮離婚，保護妳和孩子的未來，也許妳會覺得我怎麼會勸人離婚，但以我處理這麼多個案的經驗，妳先生是屬於死性不改那種型。』

社工阿姨話講得好直接，感覺像判了我們家死刑。我聽到媽媽哭泣的聲音，我也發現佳佳阿姨的房門開了一條細縫，她的一隻眼睛正窺視著客廳；我也哭了，心裡亂糟糟的，我好氣爸爸這樣，讓我們就快當不成一家人。」

在祕密箱子部落格裡寫下這篇文章，我按下發表鍵，發現自己的臉也淌滿了淚水，今天是我第四天沒去上學，腳上的傷口其實不痛了，但媽媽問我：「妳要不要去學校？」我憑直覺搖搖頭，到學校要做什麼？大家會怎麼看我？

家裡一片靜悄悄，媽媽因為頭上的傷請假在家，她正在房裡休息，阿海繼續去學校，他說：「我才不怕爸爸來找我，他真的敢來我就會揍他。」

佳佳阿姨也出門去交她的稿子，她已經履行承諾，幫我和阿海在家中布置了一個電腦工作區，把她的筆記型電腦借給我們，我們可以直接使用那台電腦上網。

我躡手躡腳走進房間，在床邊蹲了下來觀察著媽媽，媽媽的臉朝著天花板，我看見她的胸部一起一伏，很均勻的呼吸著，我輕輕的摸了摸頭上的紗布，已經不再滲出淺紅色了，昨天社工阿姨說本來醫院要媽媽留院觀察有沒有腦震盪，但媽媽堅持她要回家休息就好，今天媽媽問完我要不要上學後，就說她需要休息一下，她連午餐也沒吃，就是一直睡，我也希望媽媽能夠好好睡一覺，她之前為了多賺點錢還常常加班，都沒有睡飽。

當我和阿海的媽媽實在很辛苦。

我悄悄退出房間，下午，客廳裡，陽光已經離開了，我坐回電腦桌前，想上網，卻又覺得無聊，打開書包看到一堆課本，也不想抽出來

讀。我發現自己竟然無事可做，在沒有其他聲音的房子裡，我只聽到時鐘滴答滴答的聲音，越聽越煩，卻甩也甩不掉。

等我發現自己站在和平公寓外的大排水溝前，規律而枯燥的指針聲音已經離我遠去。放眼望去，布袋蓮依舊占據水面，淡紫色的花越開越多。有隻小白鷺站立在沙洲上，似乎正在覓食，我靜靜地看著那隻小白鷺，在這片看不到水面的布袋蓮中，想要發現食物的蹤影，牠得加把勁才行。小白鷺看似無事一般，突然，脖子伸長向前一啄，原來是鎖定獵物了！但我看牠抬起身子時，嘴裡卻沒有任何收穫，只是牠似乎不打算換位子。真是笨啊！明明更遠處才會有機會啊！

「雨晴——妳怎麼會在這裡？」

極喜悅的大叫聲在我身旁響起，我一轉頭，

看見好幾天不見的新蕾、糖果箱和旅行箱。

「妳們怎麼來了？」我訝異的問。

「我們想說妳已經好幾天沒來上學，特地帶著學校的功課要來幫妳補課啊！」新蕾搖一搖手上那個裝得鼓鼓的袋子說。

「補課？」

「拜託！妳們不要嚇雨晴啦！其實我們是帶點心要給妳吃啦！」糖果箱笑著搶下新蕾手上的袋子，打開來，拿出一個小紙袋，說：「紅豆餅喔！快，這要趁熱吃。我們找個地方。」新蕾是這個地方的地頭蛇，她帶我們到一處人家的騎樓下休息，我們四個人就坐在那裡吃紅豆餅。

「妳的傷有沒有好一點？我帶了一包忘憂棉花糖要給妳。」糖果箱邊說邊從袋子裡面找東西。

9 背叛

「有！好多了！」我說。

大家的眼神都盯著我腳上的那塊紗布，讓我頗不自在，我故意動來動去，甚至還走過去接下糖果。

「妳爸爸真的很過分耶！我回家想了想，下次我要先拉妳趕快跑才對，而且不能跑回教室！」新蕾說。

「我希望不要有下次！」我苦笑著回答。

「也對！我剛剛在說什麼，對不起喔！」新蕾尷尬的說。

「沒關係啦！」沉默突然出現在我們四人之間，這些在網路上跟我對話的朋友，在真實世界面對面時反而無話可說，顯得靦腆。

「啊！來，快吃紅豆餅。」新蕾打破沉默再次打開袋子。

「謝謝！」我拿了一塊圓圓的紅豆餅，也許是因為悶在袋子裡太久，水氣讓餅皮吃起來過度溼潤，不過裡頭的紅豆餡倒是相當甜美。

「好吃嗎？」新蕾問。

「喔！很好吃啊！這在哪裡買的啊？」我點頭回答。

「校門口啊！妳不知道嗎？我們以前天天吃。從小學吃到國中耶！」糖果箱說。

「味道一樣！價錢也一樣，三個十元。」新蕾說完，我發現我沒有辦法接話，我來這裡才兩個月，跟從小一起長大的她們比起來，我是個局外人；她們看我沒搭話，也就閉嘴不聊了，我們四個人又陷入沉默。

「這幾天班上同學都還好嗎？」我勉強想出這個來當話題。

「大家都很好啊！還問我知不知道雨晴為什麼不來？」

「喔！那妳怎麼說？」

「我？我當然說不知道啊！」新蕾說。

「妳爸爸還有來找妳嗎？」一直都不說話的旅行箱開口問。

我搖了搖頭說：「媽媽說爸爸現在不可以靠近我們，不然他就會被抓走。」

「那就好。」我看見新蕾的臉上沒有那種過度的同情與憐憫，反而有一種甜甜的笑意，讓人摸不著頭緒。

小吃

糖果箱笑著說：「沒事就好，這幾天新蕾心情都很好喔！」

「有好事發生嗎？」我好奇的問。

「拜託！糖果箱妳不要亂講。」新蕾笑著要摀住糖果箱的嘴。

「讓我說嘛！」糖果箱拉開新蕾的手，開心的說：「因為那天她抓傅宇軒陪她爬窗子，現在傅宇軒看到她都會點頭微笑，傅宇軒還讚美新蕾很勇敢，新蕾現在有很多機會可以跟他聊天。而摩奇箱就是大恩人。」

「不要亂講啦！」新蕾和糖果箱鬧成一團。

傅宇軒？就是新蕾喜歡的那個人嘛！看著新蕾甜甜的笑容，我突然覺得嘴裡的紅豆餅好難吃，原來我的不幸可以帶給別人幸福的感覺，在我還要擔心爸爸會不會突然出現在我面前，在我還要擔心是不是要變成單親兒童之際，新蕾她居然可以徜徉在甜蜜的感覺中，這算什麼？

「雨晴，妳要不要再吃一個啊？」新蕾笑著問。

「不要，我不餓！」我的語氣一定很差，表情一定很冷，因為我才

一講完，就發現大家望著我。

「怎麼了？我真的吃飽了！」我趕緊擠出微笑問他們。

「妳還好嗎？」糖果箱緊張的問我。

「還好啦！對了！新蕾，妳怎麼沒把傅宇軒的這件事情寫在部落格上啊？我都不知道妳最近這麼開心？」我壓下心中所有情緒，平靜的問。

新蕾居然靦腆的笑了，我永遠都不會忘記她說的這句話：「這件事怎麼可以說，萬一被傳出去，不就完了！」

被傳出去？這不是一個保密的地方嗎？我的身體感覺一陣發冷，緊張地問：「我們大家不是都會保密嗎？我們不是都經過試膽大會才可以加入的嗎？」

話才說完，我就發現她們三個人面面相覷的看著我，沉默了幾秒，糖果箱才說：「對啊！我們是保密的！但是——」但是什麼？糖果箱欲言又止的態度令人起疑，沒有人肯接著說。

「同學們都很想知道妳的訊息。」新蕾收起臉上的笑意，接著說：「但就像我剛剛跟妳說的一樣，我都沒有告訴任何人。除了——」

「除了誰？」我擔心的問。

「就傅宇軒啊！我只有告訴他。」新蕾怯怯的說出口。

只有告訴他？汪新蕾！妳難道不知道祕密一旦說出去，就不再是祕密。溫雨晴，妳這個笨蛋，怎麼會相信別人呢！一陣暈眩向我襲來，我彷彿預見事情像八卦新聞傳開：大家會知道我們那不堪的家庭，媽媽會很傷心，阿海會很生氣，佳佳阿姨也許會很高興，因為我們不適合繼續住在這裡，得搬走。

「雨晴，妳還好嗎？怎麼突然不說話。」旅行箱問我。

「我沒事啦！我要先回家，我媽媽不知道我出來，怕她擔心。」我勉強說出這幾個字。

旅行箱似乎感覺到事情不對，她說：「妳還好嗎？別擔心！事情不會像妳想的那麼糟！」

我一點也不想思考事情未來的走向，「再見！」我丟下這句話，轉身跑回家，奔跑的動作，牽引到膝蓋的傷口，一種麻麻痛痛的感覺，從下面湧上來。

汪新蕾，妳太過分了。

10 裂痕

回到家後的第一件事情，用我的帳號登入我們的「祕密箱子」部落格，本想將我寫過的東西都刪除，但看著這些文章，卻無法狠下心來按下刪除鍵，這些就像我的日記，我不曾丟掉我的日記，所以能做的就只有換密碼了，好比你知道你心愛的東西可能會被大家知道，你很擔心之後大家都想跟你要，但你又捨不得把它丟掉，剩下能做的就是把它換地方藏起來。

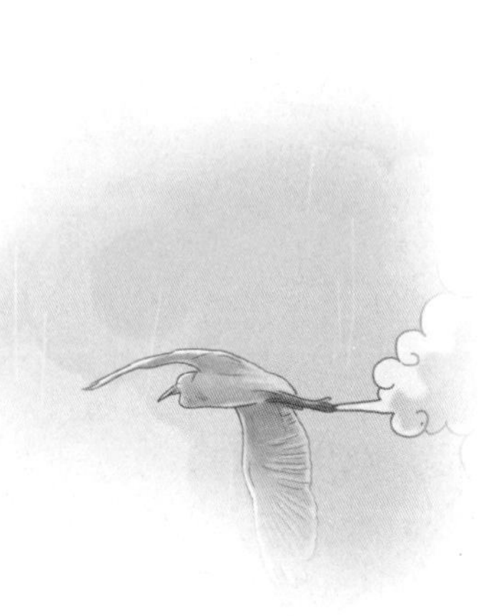

看著換過密碼的文章，我突然想到如果新蕾她們看到我的所作所為，她們會怎麼想？可是她們知道我生氣了嗎？一個有太多祕密的人是不會有朋友的，我想起我剛轉學到這裡的那天，本來以為自己可以安靜的藏在團體裡，不發一語，現在卻弄得眾所皆知。我抬頭看著緊閉的房門，媽媽應該還在睡覺吧！這件事情絕不可以讓媽媽知道，她之前才說：「妳自己要有原則，不要做錯就好。」現在事情變這樣，我一定要自己處理，否則她又要開始擔心了！

就在腦袋胡思亂想之際，我瞄到部落格今日的瀏覽人數是87。

87？我的眼睛突然瞪大，以前這

裡只有我們四個知道的時候，每天瀏覽人數不超過10人，現在多了好幾倍，是怎麼一回事？

不用太久，很快的，我就知道這是怎麼一回事，因為在我今天發表的文章下方，有幾個人留言：「溫雨晴，妳很勇敢，不要擔心，我們都會支持妳！」「雨晴，加油喔！」「雨晴，我們都會幫妳的。」「妳要勇敢站起來喔！」最後一則是新蕾用「有義氣的箱子」為名發表：「雨晴：我一定會保護妳的，就像這次聯合同學一起保護妳。」憤怒立即充滿全身，原來她保護我的方法就是把我的密碼洩漏出去。

支持、加油、幫忙、保護，這些字眼真是令人迷惘，這些人真的了解全部的事情嗎？真是天真得可怕，我的爸爸一點也不好惹，不然媽媽幹麼那麼辛苦呢？新蕾已經把這個安全的防護罩打破了，湧進來的是同情，我最不需要的同情。

整件事情都亂了，我抱著慌張的大腦，好像無法思索出解決的方法，直到阿海叫我：「姊！妳怎麼呆呆坐在這裡？」這我才發現不知道

10 裂痕

什麼時候阿海已經回來了。

「喔！你回來了！」

「媽媽呢？」

「還在休息，她睡了一下午，你可以先去吃點餅乾，晚上佳佳阿姨會買便當給我們吃。」

「我不餓！今天老師給了超多的作業，我一點也不想寫。」

「你去拿來，我教你。」

「妳已經很多天沒去上課，妳還敢教我？」

「我以前學的都記得啊！快去拿啦！不要拖拖拉拉。」

「姊，妳好好喔！妳都已經一個禮拜不用去上學了！」

阿海不去拿，卻跑到我身旁笑咪咪的說這句話，聽到阿海講這句話，不知道為什麼，我整個火氣都來了：「什麼叫都不用去上學，你是在嫉妒嗎？你以為我想這樣啊！」

我凶巴巴的對阿海吼完，自己都訝異自己為什麼會那麼凶。

「妳幹麼那麼凶？又不是我叫爸爸來找妳。」阿海罵回來。

一切都像炸彈被引爆。

「我不要跟你講話了！你這個笨蛋。」我覺得這吼叫聲聽起來不像我的。

「妳才是笨蛋，我是笨蛋的弟弟，我不是笨蛋。」

「你們兩個到底怎麼了？」突然媽媽虛弱的聲音加進來。

「媽，姊罵我！她在家這幾天都掛在網路上，寫她的什麼部落格。」阿海大聲告密。

「媽，阿海竟然羨慕我在家。」我這才發現原來阿海一直在注意我。

10 裂痕

「你們兩個有完沒完？你們是認為我傷得不夠重嗎？」我看見媽媽的眼睛溼溼的。

「都是因為他。」我和弟弟同時指著對方。

「都給我回房間去反省。」媽媽用足力氣大吼。

我和阿海心不甘情不願瞪著彼此。

「雨晴，以後不要再上網了！去把書拿出來念，不然回學校可能會跟不上。」媽媽喊我。

不知道哪來的勇氣，我居然這樣對媽媽說：「我不要念書了，念書一點用也沒有。」更重要的是我不想回學校看到那些同學。

「不要念書？那妳要幹麼？」媽媽的眼睛裡充滿不解。

「我要像佳佳阿姨那樣在家工作。」

「在家工作？妳才幾歲就想要在家工作，誰會僱用妳？」

「我就是想要在家就好。」

「妳以為佳佳阿姨在家工作很輕鬆？妳以為在家工作很好？」

「對！至少也比媽媽現在好。」我狠下心說。

「溫雨晴，我不是生妳來氣死我的，妳給我出去。」我知道我激怒媽媽了，這不是我原來的意思。

「媽……」我的淚水已在眼眶旁打轉。

「離開！我不要跟妳講話，我犧牲一切要照顧妳和阿海，如果沒有你們這兩個孩子，我今天會這麼辛苦嗎？我已經覺得累了，很累，很累。」

「媽，姊不是故意這樣說的。」阿海已經嚇得淚眼汪汪，他拉著媽媽，但媽媽強硬的別過頭。

「出去就出去，反正這房子也不是我們的。」我今天是怎麼了！一直跟人發生不愉快，我不知道為什麼要拿起書包，總之就是拿了它，頭也不回的甩上門。只聽見阿海在背後大喊：「媽，姊跑出去了！」

「隨便她……」

我跑出家裡，一路上邊走邊哭，眼淚怎麼樣都止不住，我覺得自己

很糟，因為爸爸很壞，媽媽也很壞，我是他們生的自然也跟著沒多好；阿海也很壞，看到我離開家，他連追都不追；同學更壞，只是好奇我的事，給多餘的同情。

我停在街燈已亮的人行道上，路上行人行色匆匆，天色轉暗，宣告夜晚即將來臨，當大家都有前進的目標時，我卻無處可去。突然看到兩個很像我們班的同學迎面而來，雖然是不熟識的，但我很怕被他們認出來後，還要跟他們打招呼，所以看到路旁有一間「網咖」，趕緊閃身進去。

在這之前，我從來沒上過網咖，以前媽媽不會准，住到佳佳阿姨家後，我們都可以使用她的電腦，也就沒必要。我小心的站在櫃臺邊往裡頭瞧，裡面位子已經坐滿八分，好多人在玩線上遊戲。

「妹妹，妳是要買多久的時間啊？」我看到櫃臺裡突然有人探出來問我。

「我……我可以買兩小時嗎？」

10 裂痕

「兩小時當然沒問題，我們最少是一小時。」老闆邊說邊低頭，不知道他在做什麼，幾秒後，他遞給我一張紙，上面寫著我開始使用的時間，至於下面那行結束時間則是空白。他對我說：「等妳弄好了！我再一起算，妳用八號機。」

我握著那張紙，快速往裡頭走去，在走道的最盡頭我看到八號機，旁邊的七號機已經有男生正在打線上遊戲，看他穿的制服，我知道他是跟我同一所國中的，他盯著螢幕，完全目不轉睛，在這裡時間是有價值的。

我按下主機電源並打開液晶螢幕，在等待電腦開機的過程中，我偷瞄隔壁男生在玩的東西，只見螢幕上有個橘色小人在一片好像森林的地方快速移動，這個男生他一邊用滑鼠操作小人的走向，一邊用鍵盤飛快的打字，只見在畫面下方很快就出現一行字，隨著他按一下ENTER鍵，那行字馬上變成小橘人說的話，出現在小橘人的上頭，這時畫面上突然出現另一個綠色小人往橘色小人走近，綠色小人上頭也有出現一句話。

我的位子看不清他們的對話，但我看見我旁邊的男生竟露出微笑說：「呆子！」說完馬上又打了一句話進去。

他有他自己的世界，我想。

我回過頭來點選瀏覽器，打入我們的部落格網址，進到我的世界去。

祕密箱子不神祕了，瀏覽人次變為220，我確定新蕾已經上來看過我們的部落格，因為她所有的加密文章都已經不見了。現在裡面只剩下我和糖果箱的加密文章以及新蕾一篇她寫在最上頭的，不需要密碼就可以看的文章。文章標題是：「做錯事」我點進去看：「我不太常說對不起，特別是我確定自己沒有錯時，摩奇箱的態度今天變得怪怪的，她似乎討厭被關心，發生這麼大的事情，我們班很多人都是

真的想要關心她。雖然我可以明白她的心情，以前我也有過這樣的經驗，但我是在大家的鼓勵之下，勇敢爬起來。也許摩奇箱和我不一樣，她看起來很膽小很怯懦！要勇敢一點才能站起來啊！我們都會為妳加油的！」勇敢一點？看到這裡，我好生氣，新蕾憑什麼覺得我不勇敢，我再往下看，下面已經有人回文：「對啊！雨晴，雖然我跟妳不太熟，但我們都和妳站在一起。」這段留言署名是「愛畫畫的傅宇軒」，傅宇軒真的知情。「我是珊珊，雖然跟妳不熟，但還是替妳加油！」連魏珊珊都來留言了！再往下看還有一行留言：「缺了一面的箱子，我覺得妳這樣說對摩奇箱一點都不公平，也許她比我們任何人都勇敢。」這是旅行箱留的，時間還是兩分鐘前。

我用了「自以為是」當暱稱，接在旅行箱的後面留言：「不要以為對別人好就是關心，有時候會壓死這個人。祕密只要說出去就不是祕密，我深刻的學到這點。」寫完這段留言，我再用「說實話」當暱稱，儘管我不知道自己為什麼要這樣做，卻還是寫下：「我發現在網路上說自己的祕密是很蠢的一件事，我不認識你，你卻知道我的事，然後替我覺得難過，可是真的見到我的時候，你會發現其實自己也沒那麼難過，這種感覺很不真實。或許你會覺得我說的都不對，但我知道你自己也是這樣想的，不然你不會先把自己所寫過的東西都拿掉，你也是會害怕那些曾經被你罵過三八、讓你討厭的人如果知道了這些事，那恐怕也無法勇敢了吧！」寫完我按下發表鍵。這篇留言馬上出現在我們的部落格裡，我重新看過我寫的東西，邊看邊刪除，看著這些文章一下子就消失，心裡好難過，我想我和新蕾大概當不成朋友了。我想起她爽朗的笑聲，她是一個足以當好朋友的人，但是她適合跟正常的人當好朋友。

我曾經問過她：「新蕾，為什麼妳的部落格不公布給其他同學知道？」

新蕾回答得很乾脆：「為什麼要讓他們知道？我一點也不想！糖果箱和旅行箱是我的國小同學，經過很久很久的考驗，寫給她們看很安全！其他人，算了吧！」

「那妳為什麼要讓我加入？」

「我也不知道耶！就覺得妳可以加入啊！」新蕾大概不記得她講過這話了；我們的友情，還存在嗎？

「喂！摩奇箱，妳這樣很不夠朋友，這不是實話，這是傷人的話，妳不知道新蕾經歷過怎麼樣的生活！不應該這樣說她，其實她是很勇敢的，妳們都很勇敢。」就在我發表不到五分鐘後，旅行箱馬上回覆一則留言，我可以確定我們都正在上網，這時如果我們有即時通訊就可以馬上聯絡了！但我之前沒有跟任何人交換，從搬來佳佳阿姨這裡，我就沒用過即時通訊，因為我不適合跟過去的朋友聯繫。

「我想辦法要讓自己勇敢，但我不需要跟別人說我要勇敢，那種關心，我之前已經收到太多了！解決事情是需要方法的，不是那種『加油喔！』，這樣的你們很假！」我寫下這段話。

沒過幾分鐘，旅行箱馬上留言：「我懂妳的感覺，所以我很少把自己的事情說給別人聽，但我還是會關心別人，我們都需要朋友啊！」

我回覆：「朋友？妳覺得新蕾和魏珊珊算是朋友嗎？她們喜歡同一個男生，新蕾之前不都在這裡罵她是『三八』嗎？還要她離傅宇軒遠一點，但在學校的時候，她卻跟魏珊珊一副也是朋友的樣子，魏珊珊知道事情的真相嗎？」

旅行箱回覆：「妳不應該在這裡說這些，以前新蕾可能討厭她，但現在不會，妳要給她機會彌補。一直想到過去，妳就不會前進。雨晴，妳現在在哪裡？」

「我能擺脫過去嗎？媽媽都已經受不了了！她今天對著我喊：『很累。』我說了很難聽的話傷了她。過去根本就像繩子一直纏繞我們，想要重新站起來，卻阻礙重重。」

「雨晴，妳現在在家嗎？我有話要告訴妳。」

「我什麼都不想聽，我只想躲在這裡。」

「我打電話問過妳的家人了，妳弟弟說妳離家出走，走！我們一起離家！妳告訴我：妳在哪裡？」

「旅行箱，妳幹麼也要離家出走？妳爸媽不會准的。」

「我們家不會管我，我爸媽他們都要上大夜班，快！我帶妳去一個好地方。」

我瞪著我們一來一往的留言，其實很懷疑她會不會已經通風報信，搞得天下皆知。

「在哪裡？」**我試探的寫下這句話，按下發表。**

「我第一次遇到妳的地方。」**旅行箱回覆。**

「只有妳一個人？」

「對！我現在就出門了！不再留言了！等一下見。」旅行箱留下這句話。

我呆呆的坐在位子上，心想到底要不要赴約呢？突然，坐在我旁邊七號機的同學伸個懶腰，嘴裡念著：「今天玩到這裡就好，肚子好餓喔！」聽他這麼一說，我想到自己也還沒吃晚餐，我決定去赴約，收拾好東西，走到櫃臺，老闆算了算：「不到兩小時，算妳一個半就好。來，三十塊！」

我打開錢包數了三個十元硬幣給老闆，走出這家店。沿著人行道，要前往圖書館，在路邊我看到一攤賣滷味的，鹹鹹香香的氣味瀰漫在空中，我忍不住停下腳步，很想買些來吃，我打開錢包才發現倉促離家根本沒帶什麼錢，裡面只剩下二十塊錢，滷味我是買不起了。又走過麵包店，上面寫著晚上九點後促銷，我看了一下手錶，還有七、八分鐘才九

點，走進裡頭，我發現快要打烊的麵包店其實已經沒有什麼麵包可以選了；儘管裡頭還有我喜歡吃的酥皮起司蛋糕，但一個售價要二十五元，我也沒有那麼多錢，我像個挑剔的人，逛來逛去，最後勉強拿了一個波羅麵包。老闆直接算我打折價十二元。

握著這個麵包，我站在圖書館對角的一棟空屋下，這裡讓我可以看清楚圖書館，又讓我不易被發現，我看見旅行箱已經坐在我們第一次聚會的涼亭外面，她穿著制服，背著書包，非常醒目。我站在這裡觀察十分鐘，在這當中都沒有人出現，旅行箱也只是呆呆的看著天空，看來她真的沒有告訴別人。我緩緩的繞過涼亭，從旅行箱的背後出現，小聲的叫：「喂！我來了！我來了！」

我看見旅行箱全身像隻受驚的兔子跳了起來，她轉頭看到我：

「啊！摩奇箱！妳總算來了！」

「妳等很久了嗎？」

「等了一陣子，本來想說再過幾分鐘妳還不來的話，我就要自己去了！」

「去哪？」

「走！我帶妳到祕密基地。」旅行箱走在前面，我緊跟在她後面，我們都沒提到今天下午的不愉快，只是安靜的走著，最後我們在圖書館的後門停下來。

「旅行箱，這裡現在不能進去！」圖書館五點半就關閉了！

「對啊！可是如果妳有鑰匙就可以。」旅行箱從口袋裡摸出一隻小鎖匙，插進門上的鑰匙孔裡，「喀」一聲，門輕輕被打開了。

「妳這鑰匙哪裡來的？」

「有一次圖書館裡面的人忘記了，插在門上，我就順手帶走了。」

「這是偷吧？」

「噓！」旅行箱對我做出閉嘴的表情。

11 簽名會

夜晚的圖書館，漆黑寂靜，書本靜靜的站立在架上，陳年的特有書香瀰漫在空氣中，旅行箱熟練的打開走廊的燈，還說：「不能全開，這樣警衛才不會發現樓上有人。」她帶我逛過每一個樓層，每一個書架，她還說：「看到妳喜歡的書就拿喔！」我們挑書沒什麼特別原因，看到書名喜歡的就拿起來。我拿的算保守，只有幾本，而旅行箱一下子就兩隻手都抱滿了書，我們最後走進五樓的自習室，把這些書放在一張很大

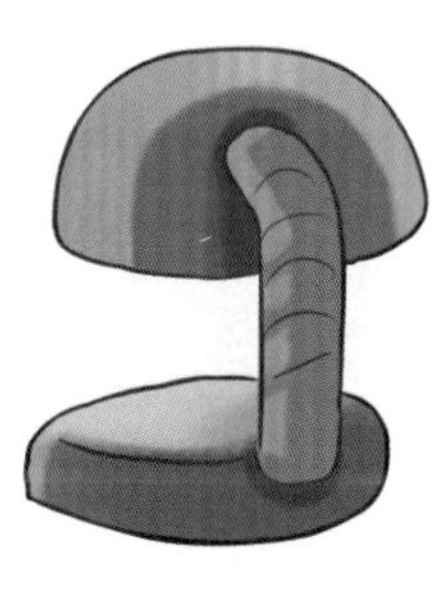

的討論桌上。

「這就是妳說的祕密基地和好地方？」我忍不住東張西望。

「對啊！我每次只要覺得很煩的時候，就會溜到這裡。」

旅行箱順手把桌上的書排好，可以感覺到她對這裡很熟，我看見旅行箱隨手翻開桌上的一本書，那本書好像是歷史類的。

「晚上來圖書館看書，妳真特別！」我忍不住說。

「重點不是在看書！」

「不然是？」

「重點在簽名。」

「簽名？」

「對啊！我會借很多書來翻一翻看一看，接著就在書名頁的地方簽名，自己辦的簽名會喔！哈哈！假裝我自己是作者。」她翻了翻書頁，最後又停在書名頁，接著拿出一枝筆和一張紙。

旅行箱的舉動好奇怪。

「旅行箱，等一下，讓我看妳要簽什麼？」

「好啊！妳坐過來一點。」我靠近她，發現那本書的書名叫《如果記憶像風》，作者是廖玉蕙，我好奇的問：「記憶像風？好特別！裡面寫什麼啊？」

「不知道耶！我要讀一下。」說完，旅行箱就安靜的讀起那本書，我不好意思吵她，只好從自己選的那堆書裡找一本來讀，我讀到外國圖畫作家Babette Cole（芭貝柯爾）的圖畫書叫《頑皮公主不出嫁》，這本書我從小學會上圖書館開始就很喜歡，我快速的翻到公主照顧她一堆寵物的那頁，是我最喜歡的一頁。這個公主很有趣，她的個性很不像一般公主，獨立而叛逆，拒絕了一個又一個上門求婚的王子。像這樣的一個作者，她會是什麼樣的人啊？應該也是很獨立，很有想法的一個女生，才畫得出這樣的故事吧！我在紙上練習寫著複雜的草寫，很潦草而無拘束的英文字Babette Cole，還故意把l拉高，最後的e拉長。

「哇！妳簽的英文字好漂亮喔！對了！摩奇箱，妳要不要看看這本《如果記憶像風》，好感人。」

我停下手邊正在練習的簽名，接過書，問：「是哪裡感人啊？」

「她寫她女兒被學校同學欺負的事。」

「真的？那借我看看。」我好奇的也想看，旅行箱把書遞給我。

我拿過書來一讀，〈如果記憶像風〉，真的是講她女兒在學校被欺負的事，被莫名其妙的看不順眼，被莫名其妙的圍堵。而媽媽知道女兒受了委屈，不是去報仇，也不是請學校或警察局處罰這些小孩，反而是打電話問原因，關心那些會打別人的小孩。文章讀起來有一種刺痛的溫馨，我想到自己的事情，如果媽媽知道我在學校受的委屈，她也會這樣

支持我嗎？我又能原諒別人嗎？我現在滿腦子都覺得是新蕾對不起我，我一點也不想要原諒她。

「我是覺得那個小女生好可憐，要是我，應該第一次就會反擊。」

「要做到這樣，好難喔！」我放下書對旅行箱說。

旅行箱說。

「我應該也是。」我真的這樣覺得。

「不過，這個作者會把過去很慘的事情寫出來，挺勇敢的嘛！我要來簽她的名字了！」旅行箱在紙上練習了各式各樣的廖玉蕙，她把紙舉起來問我：「妳喜歡哪一個？」

「嗯！這個。」我指著一個看起來有點飄逸的字，「這樣才有風的感覺。」

旅行箱笑了笑，拿起筆，在書名頁，小心下筆，雖是小心，但寫出來的字卻仍帶點隨性，廖玉蕙三個字就出現在書名頁。

「會不會有人真的以為這本書是廖玉蕙簽的？」我好奇的問。

「不知道耶！我都簽完就放回去，沒有再管它接下來發生什麼事。喔！對了！不過我有時候會拿到上次簽了名的書，這時我就會檢查一下，每次都發現我簽的名字還在啦！」

「都沒有人懷疑過嗎？」

「應該沒有吧！書上面有作者簽名很有趣啊！字就像人，我都想像那個作者是什麼個性的人，會簽什麼樣的名字。」

「如果作者是已經死掉的呢？」

「那就更好簽啦！反正妳想像他是怎樣的人，就是怎樣的人，妳看喔——」旅行箱邊說邊從我選的那堆書中尋找，她挑到一本封面很漂亮的宋詞，開心的說：「這本書，新蕾的爸爸帶我們讀過耶！以前一星期要背一首呢！」

「背詞？」

「對啊！新蕾她爸爸是教國文的，很喜歡跟我們聊這個，我還記得他講其中這個人的故事給我聽。」旅行箱指著其中一篇，我看見篇名寫著：定風波，裡頭只有幾句：莫聽穿林打葉聲，何妨吟嘯且徐行。竹杖芒鞋輕勝馬，誰怕？一簑煙雨任平生。料峭春寒吹酒醒，微冷，山頭斜照卻相迎。回首向來蕭瑟處，歸去，也無風雨也無晴。

作者是蘇軾。這首詞很短，我快速讀過全文，看不太懂，只是隱約覺得最後一句「也無風雨也無晴」似乎有種平和的感覺，沒有感覺有什麼風波，而且我突然發現自己的名字可以在裡面被找到，這應該是我的詩，要偷偷把它背起來。

「新蕾她爸爸說宋詞的名字指的是曲調，跟內容常常一點關係都沒有。」旅行箱沒注意到我的心思，邊翻書邊跟我說：「這個蘇軾很妙喔！他有另一個名字叫東坡，新蕾她爸爸說這個人的一生不算平順，常常因為得罪皇帝或其他人而被貶到其他地方，當然他也會憂鬱，不過卻也肯正面去面對，算很勇敢的人，所以他很多作品讀起來都很豁達。」

「豁達？什麼意思啊？」

「我也覺得這個詞很難懂，應該就是看得開吧！我們可以下次問新蕾她爸爸。」

「為什麼要問新蕾她爸爸啊？妳跟新蕾她們家好像很熟？」我想到那個一直有著笑臉的新蕾。

「新蕾她爸爸是國文老師啊！新蕾、糖果箱和我算是一起長大的吧！大家個性都合得來，妳看新蕾很樂觀，糖果箱很甜美，我則——嗯！算冷靜。」

「新蕾很樂觀？」在我的認知中，新蕾算是個性很和善的，跟大家相處很融洽，但算樂觀嗎？

「對，我們都沒告訴妳，其實新蕾的爸爸媽媽在她念小二時就離婚了。」

「為什麼？」

「好像是因為新蕾的媽媽愛上別人吧！那時候她爸媽常常吵架。新蕾很希望他們不要離婚，但後來還是離婚了，新蕾和哥哥就跟她爸爸一起生活，轉學到這邊來。」旅行箱在說很久很久以前的故事。

知道新蕾原來也有個不完美的家庭，在開朗笑容背後也隱藏著傷痛，我的心有點釋然，不再那麼痛！

「剛轉到我們這裡，新蕾變得很沉默，常常會忍不住就哭泣。新蕾她爸爸對我們都很好，知道新蕾不適應，就要我們沒事多陪陪她，所以糖果箱和我有時候會去跟新蕾作伴。」

「她媽媽都一直沒回來嗎？」

「沒有！她媽媽後來也沒有再婚，但是她工作的地點在大陸，一年才回來一兩次看新蕾他們，不過新蕾常常打電話給她媽媽。」

「新蕾不會想媽媽嗎？」

「我沒問她，但我想一定會的。」

「她不希望父母復合嗎？」

「我曾問過，小時候新蕾會很想很想，但後來她也說不可能，因為他們真的不愛彼此了！」

「喔！」我突然發現新蕾比我更早經歷這些事呢。

旅行箱停下手邊的動作，看著我，我看見她眼睛裡的誠懇，她說：「新蕾真的是個很善良的女生。她不是故意要公布妳的事情讓大家知道，這一切都只是誤會。」

「喔，也許吧。」我不做太大的反應。

「摩奇箱，我講的都是真的。」一向冷靜的旅行箱竟然也著急了！

「我相信啊！妳會約她們一起來這裡寫簽名嗎？」我想趕快換個話題。

「不會耶！這是我自己的祕密，我自己獨享，今天是因為覺得妳遇到這個困難，我想搞不好我可以幫妳，才透露給妳知道，妳就不要再洩

漏出去，雖然妳說過，祕密說給別人聽就不叫祕密，但我總覺得妳可以信任。」

「我發誓不跟別人說啦！妳算過總共簽了幾本書嗎？」我覺得旅行箱是個很特別的人。

「應該有一、兩百本吧！我常常晚上七點溜進這裡，九點離開。」

「妳真的很特別耶！」

「妳不覺得來這裡就像在逛街，卻不用花什麼錢，而且還可以邊逛邊了解很多人的生活和祕密。」

「有簽到哪一本妳超級喜歡的書嗎？」

「有！『長襪子皮皮』！」

「沒聽過耶！皮皮？好像寵物的名字！」

「皮皮是女生啦！我以前也沒聽過，上次不小心翻到，發現超級好看，長襪子皮皮的生活根本就是我的生活，她爸爸不在家，好像在非洲

當國王之類的，媽媽也不在，皮皮都要一個人生活，她的力氣超大，而且都是自己安排自己的生活，我喜歡這本。」旅行箱在講自己喜歡的東西時，那表情是興高采烈，跟之前的冷漠不同。

「聽妳這樣一介紹，我好想看喔！」

「沒問題，我等一下找給妳，之前好像是在童書櫃那裡發現。」旅行箱一邊說一邊又拿起一本天文圖鑑。

「妳什麼書都簽喔！」我看著旅行箱放在桌上的一大疊書，內容從圖鑑、百科全書、故事書、畫冊等等，應有盡有。

「對啊！科學的，文學的，歷史的，在這裡可以假裝當各式各樣的作者，一整個有趣。」

「一整個有趣？」這句子好奇怪！

「就很有趣嘛！」原來旅行箱的語法有很強的自我風格。

「妳真的很有趣。」看旅行箱興致勃勃的簽著各式各樣的人名，我在一旁也跟著簽名，中文字的、英文字的；拿到誰的就簽誰，如果說一本書可以代表一位作者的一段生命，那我現在正在假裝很多人的生命。

「妳覺不覺得假裝是這些作者，簽一簽他們的名字，就越來越快樂了？」旅行箱突然對我說。

「好像是耶！可以假裝自己是另一個人耶！」我也有同感。

「妳可以在簽之前，翻翻看，想像一下這本書是妳寫的，忘記妳現在的煩惱！」

我和旅行箱就這樣坐在安靜的圖書館裡，一本接著一本，翻過書頁，簽著名字，都簽完了就再到書架上去取，我找到許多老舊而少有人翻閱的書籍，打開這些書時，好像打開另一個時空的氣味，把藏匿在裡

頭的靈魂釋放出來。

假裝自己是書的催生者，辦一場沒有讀者的簽名會。

12 回宗

我發現自己趴在圖書館的桌子上睡著了，我撐起身子，睜著迷濛雙眼往四周看去，見到的是一整片安靜與乾淨，桌上空蕩蕩的，外頭天色初亮，我的周遭呈現出一種神祕的藍色調。旅行箱已經不見，但我看到她的書包留在椅子上，這該不會是夢境吧？感覺不太真實，現在到底是什麼時候呢？就在一切都很迷糊的狀況下，我看見有個身影從遠方書架的一角出現，慢慢變大，慢慢靠近。

「妳醒了啊？」旅行箱笑容可掬地問我，看著她，我對周遭環境的真實感漸漸出現。

「嗯！我們昨天到底弄到幾點？」對於昨天的一切感覺很不踏實。

「三、四點吧！妳後來睡著了！」旅行箱坐回座位上，從書包裡拿出一個小包。

「喔！我只記得我翻了好多書，簽了好多書，簽完一堆就再搬一堆，後來就不記得了！我到現在都覺得頭腦脹脹的。」我搗著頭說。

「正常，我第一次面對那麼多書可以簽時，也是這樣，後來就會漸漸習慣的。」

「那昨天那些書都是妳收的嗎？」

「對啊！我覺得安靜的送它們回家也是一種樂趣呢！」

「謝謝妳！我都沒有幫到什麼忙。」

「別客氣，這事我已經做習慣了！對啦！雨晴妳要不要去吃早餐，然後我們可以一起上學？」

「上學？」在結束簽書會後，我想起自己昨天跟新蕾、跟媽媽吵架，比起有些書裡所描寫的驚濤駭浪人生，我的事情顯得渺小，但卻還是得面對。我躊躇了一會才跟旅行箱講：「我今天還是不想上學，我想先回家跟我媽媽道歉，我昨天很不禮貌的對她說話，講話那麼難聽，一定刺傷她了。」說到這裡，我才想起我都沒有跟旅行箱講我昨天在家發生的事，我趕緊簡潔扼要的把我跟家人吵架的事說給旅行箱聽。

「這樣說，妳的確要先跟媽媽道歉，要不要我陪妳回家啊？」她好心的問我。

「沒關係，我等一下會先打電話回家。對了！妳都不會跟妳爸媽吵架嗎？」我發現我對旅行箱這個人還是有好多的不了解。

「以前會，以前我常會跟他們說：為什麼新蕾在生日的時候能去百貨公司選禮物，在家裡開生日宴會；為什麼糖果箱可以一星期拿五百元零用錢，而我卻什麼都不行？我爸爸和我媽媽沒有罵我，他們只是帶我到他們工作的地方，在黑暗窄小的工廠裡面，我看到爸爸和媽媽必須四

12 回家

個小時都站在機器旁邊，照顧生產線上的產品，想上廁所還要輪流去，一直到晚上七點才下班，我以前念小學的時候，他們會一個人上早班，一個人上晚班，從我念七年級以後，他們就決定要都上晚班，多賺點錢，早點還清房子的貸款。我知道這個情形後，就更知道自己要獨立，讓他們放心。」

聽了旅行箱的話，再想起我和其他人的生活，我想是不是「完美」其實只是一種表面的假象，內部的不完美通常都是看不見的。

「那他們知道妳晚上會偷跑出來圖書館嗎？」我好奇的再問。

「這當然是祕密啊！不過，我會留一張紙條在桌上，說我去哪裡，只是我都一定比他們還要早回來，所以我就會把紙條揉掉。就像等一下我會比他們早一步到家，他們不會知道我出門，紙條只是留個萬一。」

「那妳今天要不要再去哪裡逛逛？」我還想跟旅行箱多聊聊天。

「不行，我要去上學。」旅行箱大概看到我沮喪的表情，她連忙接著說：「我不是不幫妳，而是因為我告訴自己一定不能缺課，我想把這些知識性的東西學好，將來能幫忙我們家。而且，雨晴，我說老實話，有個會打人的爸爸真的很慘，但絕對不是這世界上最慘的，就算被大家知道也不怎麼樣啊！這又不是妳的錯，也不是妳自己想要的。我們能做的就是去改變未來，我覺得妳應該要這樣想。」

看著旅行箱一夜未睡卻依然黑白分明的明眸，眼前的這個女生有很多值得學習的地方。接著旅行箱從手上的小錢包裡掏出一枚硬幣，遞給我：「妳等一下要去吃點早餐，這五十元先借給妳。」

「謝謝！」我感激的收下硬幣，想到錢包裡剩下不到二十元，這五十元彷若雪中送炭，我心裡暗記一定要把錢還給旅行箱。

我們趁圖書館還未開館前離開，我看著旅行箱正在上鎖的背影，小小的身子卻能負載無限能量，我好想跟她一樣；我們在圖書館旁分道揚鑣，她往回家的路走去，我也往回家的路走去，清晨七點鐘，陽光分灑四處，帶來了白天的能量，但對整夜幾乎未睡的人來說卻略顯刺眼。我拿書包遮著陽光。這時路上已經多了許多學生，我看到幾個跟我同

一學校的學生穿著制服，嘻嘻哈哈的朝學校前進，平日常買早餐的那家店門庭若市，老闆夫婦的忙碌身影開啟了許多人今天的第一餐，在一堆顧客群中，我竟然看見媽媽和弟弟也在排隊的行列中，我訝異的躲到角落觀察，距離有點遠，無法看清楚表情，我也想不透媽媽居然會這麼早就跟弟弟一起來買早餐，她穿著上班的衣服，她可以上班了嗎？

我摸摸口袋裡的五十元硬幣，早餐也不敢買了，偷偷跑回家，一進門就看到佳佳阿姨一臉頹廢的坐在客廳，黑眼圈明顯的出現在她本來保養良好的眼睛四周，她一見到我，神色大驚的說：「妳去哪了？妳媽媽為了要找妳，一個晚上都沒睡，早上還先帶阿海去買早

餐，打算拜託老闆幫忙找。」

「什麼？我同學昨天沒跟她說嗎？」我心虛的問。

「昨天有一個打電話要來找妳，阿海說妳離家出走，她就說她也幫忙要找妳。妳後來到底去哪？」

「去圖——去安全的地方啊！」我想起必須幫旅行箱保密。

「現在好了！趕快打電話給妳媽，叫她不要再去找了！」佳佳阿姨彎腰去拿電話。

「阿姨！我不敢。」我求救似的望著佳佳阿姨。

「妳喔！離家出走敢，打電話就不敢。算了！我幫妳打。」佳佳阿姨一邊拿起電話一邊埋怨：「小孩怎麼這麼麻煩，還好我沒有生……」

「喂！妳女兒回來了！……對啊！才剛進門。……昨天跟同學出去。……我怎麼知道跟誰？她的同學我都不認識。……好啦！妳去上班啦！不要再請假，我幫妳看著她啦！……學校？」阿姨抬頭望著我問：「雨晴，妳今天要不要上學？」我搖搖頭。

「她說今天再調適一下……會啦！會啦！我會跟她說啦！……學校那邊應該還沒通報吧！……那就好，好啦！不要再哭了！妳以前沒有那麼愛哭啊。……先這樣，再見。」跟媽媽溝通完畢後，佳佳阿姨抱著電話，嘆了口氣，問我：「小姐，那妳現在想要做什麼？」

我搖搖頭，真的不知道自己想要做什麼。

「先吃早餐吧！我做法式吐司給妳吃。妳去洗個臉，怪了！整夜不回家能去哪啊？」佳佳阿姨又開始自言自語。

很快的，我負責弄蛋液做煎蛋吐司、佳佳阿姨負責沖香濃奶茶，一

12 回宗

下子就準備好，我們兩個坐在有陽光的客廳，聞到食物的香氣，飢餓的感覺突然變得好強烈，除了昨天晚餐的一小個波羅麵包外，我幾乎沒吃到什麼食物，佳佳阿姨在一旁催促我快吃，我忍不住狼吞虎嚥了起來，大口咬著麵包，吞著奶茶。

「雨晴，妳可以吃慢一點。」佳佳阿姨剛剛催我快吃，現在又催我慢吃，她還開始問：「妳跟妳同學的那個部落格是怎麼回事？」

「部落格？妳也知道？」我一臉不信任的看著佳佳阿姨。

「知道啊！妳都用我的電腦上網，妳的使用紀錄我當然知道。喂！溫雨晴，不用這樣看著我，我對妳的祕密一點興趣也沒有。是因為實在找不到妳，妳媽媽跟我不得已才開始研究。」

「媽媽也知道了？」

「當然，不過妳們設了密碼，她看不到妳寫的文章，她很難過居然不了解妳。」

「阿姨，我問妳一件事可以嗎？」

「說。」阿姨豪爽回答。

「妳覺得我還要不要去學校啊？」

「為什麼不要去？」

「因為從爸爸到學校打我開始，到同學公布我在部落格裡的文章給大家看，我覺得這些同學已經對我關心過多，現在我好怕看到大家。」

「妳會跟妳媽媽吵架也應該是為了這件事吧？」

「嗯！」

「說實話，聽起來很幼稚，但它就是會發生……喂！我這樣說妳不要生氣。」阿姨趕緊解釋說明，佳佳阿姨說話一向直接，我早就領教過了，我搖搖頭表示沒關係。

她望著遠方，想了一下，說：「妳是妳自己，別人對妳抱持什麼樣的觀點是他的事，妳爸愛打人是他自己的錯，妳為什麼拿他的錯來懲罰妳自己，啊！當然這跟妳媽媽也有關係，我一直想跟妳媽媽說：這樣的婚姻趕快把它結束掉，才能有新生活。妳同學或許對妳的事情感到好奇與同情，但他們並沒有惡意吧！溫雨晴，妳很容易想很多喔！」

「喔！對！這並不是我的錯啊！」佳佳阿姨的話彷彿醍醐灌頂，我的精神為之一振。

「對啊，雨過總會天晴，像妳的名字！哇！」佳佳阿姨邊說邊好像想到什麼一樣，站起身來走回工作區，拿筆快速記錄著：「這個點子好，可以記下來。天啊！我覺得自己好會安慰人，可以兼職啦！」阿姨邊說邊笑。

「阿姨，妳會跟我媽媽討論離婚的問題嗎？」不想理會她的搞笑，我繼續問。

「我會去試試看，不過妳媽媽不太喜歡跟我聊這個問題。」

「為什麼？」

「沒有為什麼啊！大人也是有祕密的，這是我跟妳媽的祕密啦！你趕快吃，吃完隨便妳要做什麼！我等一下要出門。」佳佳阿姨神祕兮兮的說。

在佳佳阿姨出門後，我上網去看祕密箱子的部落格，昨天那篇文章已經不見了！我想應該是新蕾刪掉了吧！不過有一篇最新的文章「對不起」在今天早上六點多被發表：「希望摩奇箱看到這篇文章的時候，她已經平安回到家了！我真的不知道原來自己的太過熱心造成了別人的困擾，昨天接

到摩奇箱媽媽的電話，一整晚沒睡，又不敢讓爸爸知道，只好希望旅行箱能夠真的找到她，帶她到安全的地方。我會把這裡所有的文章都刪掉，這次是我違背約定，不該洩漏給其他人知道我們的祕密基地。我沒有真正替她想過祕密被洩漏的感覺，後來我知道那感覺很差。摩奇箱，對不起。」

看著新蕾的文章，心中很多怨恨的結，突然都覺得可以打開了；我以「摩奇箱」為名寫下回覆：「給缺了一面的箱子：我沒事了！現在真的很好，謝謝大家的關心，謝謝旅行箱陪我，我會回去上課的。」**按下發表，我往身後望去，滿室的陽光照得我有點暈眩，但在此刻，我好像看見了未來。**

13 媽媽的秘密

昏昏沉沉彷彿在夢中，我聽見有人壓低聲音在講電話：「你怎麼會有我的電話？……我怎麼知道你女兒有沒有在我這裡？……你看到？你不是只會喝酒，還有哪隻眼睛看得清楚啊？……我跟明美本來就不合，她怎麼會帶小孩來我這裡住……我不管你哪時看到啦，我聽說了，你打他們，現在他們有保護令，你最好離他們遠一點……你不要再想那些有的沒的，他們不會想見你……會打人的先生和爸爸！老溫，你真的很差

勁，很差勁，我以前都不知道你是這樣的人，還好我當初沒瞎了眼睛跟你在一起……明美嘮叨？那你又有多好……我不要浪費時間跟你講電話。對了！我警告你：不要再想找他們，你上次去雨晴學校打她，你還以為大家都不知道，爸爸當不起，至少也不要丟孩子的臉……找我？你敢來？那你試試看，我一定報警抓你，明美她會容忍你，你再看看我會不會，再見！我要掛電話了。」

聲音已經消失了，但我可以辨認出那是佳佳阿姨的聲音。我從床上坐起身來走到外面，佳佳阿姨已經坐在她的工作區工作了，我怯生生的叫：「阿姨，妳剛剛在跟我爸爸講電話嗎？」

「妳醒了！對不起，我剛剛一定很大聲，越講越氣，妳爸爸真的是豬一隻，——算了！這樣講還侮辱了豬。」佳佳阿姨鼓著一張臉，氣呼呼的。

「爸爸知道我們住這裡嗎？」想到那天他在學校的樣子，我忍不住發抖。

佳佳阿姨彷彿看出我的緊張，過來拍拍我的肩膀說：「不要緊張，他如果敢來，我就敢招待。」

看著佳佳阿姨耍狠的表情，想來她應該有對付的好方法，我安心的點點頭。

「喔！我有買點心回來，來吃吧！對了！那家傳統早餐店今天問我：星期日這裡有舉辦清潔大水溝的活動，問我們要不要參加？」佳佳阿姨一邊遞給我一個銅鑼燒，一邊遞給我一張傳單。

「是拔掉過多的布袋蓮嗎？」我想起那片滿滿的綠。

「也許是！我以前從沒參加過，這次想去，我想拍些照片啊！」

「那，我也要去。」我想起之前新蕾說如果有這種活動，她會來約我，不知道她還記不記得。

「那妳順便問問妳媽媽和阿海要不要去？」佳佳阿姨接著說。

「嗯！……喔！好！」我遲疑了一下。

「別擔心啦！一切都會沒事的。媽媽最不會跟小孩計仇了。」佳佳阿姨說完就繼續埋首工作；而我則一邊啃著銅鑼燒，一邊拿出書包裡的書本，試著想把沒跟上的進度自己看一次。

四點半一到，阿海準時衝進門，他好像已經知道我會在家，看見我臉上露出笑容叫了聲：「姊！」

想起昨天對他那麼凶，我不好意思的點頭。

「妳昨天跑去哪裡？我們都很擔心，姊，我昨天不是故意這樣說的，我以為我們就像平常吵架那樣。」阿海連珠砲的說個不停。

「好啦！我知道了！我昨天也不知道自己為什麼那麼沒大腦！你要不要吃佳佳阿姨帶回來的銅鑼燒，我剛剛吃了一個抹茶的，很好吃。」看著阿海水亮的眼睛，我趕快轉移話題。

一聽到有吃的，阿海轉頭對佳佳阿姨

說：「阿姨，妳買學校旁邊那家的喔！有沒有紅豆的？我想吃。」

「沒有！吃光了啦！」

「騙人，為什麼姊姊就有！不公平啦！」阿海大喊。

「真的是小心眼耶！有啦！有啦！我今天還幫你買了一個新口味，芝麻的！」

「芝麻銅鑼燒？酷喔！我要吃我要吃！」

「你真的是愛吃鬼耶！」

「你不知道啦！昨天沒睡，加上在學校一整天，我的能量都用光光！現在要來補充戰鬥值！」

「好的！戰鬥值一百，拿去。」佳佳阿姨把銅鑼燒遞給阿海。

我從側面看到阿海的笑容，他的適應能力真的比我好太多了，我知道他比我更討厭爸爸，卻總能開心的生活。

「姊，給妳吃一口，芝麻超好吃的！」阿海跑到我身邊，拿銅鑼燒在我眼前晃啊晃！

「我不要啦！我剛剛吃過了！」

「真的很好吃，只是——」阿海跑到鏡子前面，對著鏡子齜牙咧嘴，說：「牙齒會變黑！」

「很噁心耶！溫天海，你趕快吃啦！」我笑著罵他，因為他把嘴裡的芝麻餡故意擠到牙縫裡。

「姊！妳也來一口嘛！」

「別過來喔！」

就在阿海和我打打鬧鬧之時，佳佳阿姨一聲大叫：「姊，妳回來了！」之後屋裡突然一片肅靜，一夜未睡的媽媽頭上還是包著紗布，看起來面無表情，我緊張的喊了聲：「媽！」

「雨晴，妳回來了！」媽媽對著我露出微笑，沒有責備，沒有懲罰，昨天那個恐怖的媽媽這時已經變回原來的樣子。

「媽媽，對不起。」我趕快把這句話對媽媽說。

「沒關係了！妳回來就好。」媽媽看著我，眼睛裡頭沒有生氣。

「那我們晚餐吃什麼？」阿海突然插話問。

「吃什麼？你不是剛剛才吃一片銅鑼燒嗎？天阿！你的胃到底是什麼做的？」佳佳阿姨像小孩子一樣大叫。

「拜託！那只是點心。」阿海撇撇嘴說。

「好吧！今天大家都很累，換我來弄東西給大家吃。」佳佳阿姨突然從工作區站起身來，邊伸懶腰邊說。

「阿姨，妳不是只會外食嗎？」弟弟狐疑的問。

「拜託，那是你不懂，我可是義大利麵高手呢！」

「真的假的？」

「等下吃吃看就知道。」阿姨信心滿滿的朝我們眨眼，把大家都逗笑了。

「那我要幫忙。」阿海說。

就在佳佳阿姨和阿海把聲

音都帶到廚房忙碌時，我和媽媽沉默的坐在客廳。我看到放在桌上的傳單，忍不住拿起來問媽媽：「媽，妳要不要去參加清潔大水溝的活動？」

「哪時舉辦？」媽媽問。

「星期日。」我把傳單放到媽媽面前。

「我要再看一下，那天可能要加班。」媽媽一邊揉著太陽穴，一邊說。

「妳很累喔！」我看到她凹陷的雙頰以及還包紮著的頭部，她才休息一天就去上班了，以前媽媽都會試著遮掩住傷口，這次傷得這麼重，她不怕同事們問，也不怕身體受不了，媽媽好像變了！

「還好，知道妳沒事就放鬆很多了，妳昨天有地方去嗎？」媽媽問我。

「有，我同學來找我。」

「是哪一個同學啊？」媽媽緊追不捨的個性又出現了。

「學校的同學啦！媽，今天爸爸有打電話給佳佳阿姨，爸爸好像知道我們住在這裡了！好奇怪，佳佳阿姨怎麼會認識爸爸啊？」我趕緊轉移話題。

「打給佳佳……他們說了什麼？」媽媽的眼神充滿警戒。

「好像爸爸想來找我們，佳佳阿姨跟他說：敢來就死定了！」

「唉！佳佳還是比較果決！我真的要勇敢一點，之前媽媽只想逃，才會讓事情變這樣……」

「媽媽，我也覺得我要勇敢一點，我之前不知道在怕什麼，一直在害怕。」我誠實跟媽媽說。

媽媽握著我的手，媽媽的手好冰，她小心的問：「雨晴，如果爸爸和媽媽離婚了，妳和阿海就得當單親兒童，你們會不會怪媽媽？」

我望著媽媽含著水氣的眼睛，思索著單親的問題，我之前也很怕當單親兒童，所以一直想爸爸也許有一天會變好，他會回來的，但是……

「媽媽，我們其實很早就是單親兒童了！妳趕快跟爸爸分開啦。」

阿海的聲音突然冒進來。

對！阿海的話強而有力，劈開問題的真相，我們其實早就是單親，打從爸爸開始喝酒打人，我們都是依賴媽媽，媽媽要應付爸爸的無理取鬧，還要照顧我們兩個；爸爸只是形式上存在，他根本沒有能力照顧我們，媽媽卻要擔心她如果離婚後，我們會被冠上單親家庭的名稱。

「媽，我們沒事的，這又不是我們的錯，我已經學會不要拿別人的過錯來懲罰自己。妳趕快離開爸爸！」我說。

媽媽眼睛裡的水氣更濃了，她輪流看著我和阿海，接著把我們擁入懷中，輕輕拍著我們的背，就像小時候一樣，「那以後就只剩我們三個。」媽媽悠悠的說。

「我們還有佳佳阿姨啊！」阿海接著說。媽媽沒有再答話，只是繼

續輕輕拍著我們。

佳佳阿姨的廚藝真的不錯，她的義大利肉醬麵色香味俱全，晚餐時大家沒有說什麼話，很用心的品嘗佳佳阿姨的手藝。

也因為昨天幾乎大家都沒睡，所以今天處理完一堆瑣事後，我們九點多就熄燈睡覺了，媽媽和我及阿海睡在一張床上，阿海最快睡著，聽著他均勻的呼吸聲，我也跟著想睡了，突然黑暗中，我看見媽媽坐起身子，我怕她會看我們兩個是不是已睡著了，所以趕緊把眼睛閉上，接著我聽到開門聲，然後又聽到門悄悄闔起的聲音，我也跟著悄悄起身，爬到門旁，隱約聽見媽媽的聲音：「佳佳，妳還不睡嗎？」

「喔！我本來想要早一點睡，但妳知道的，我是隻夜貓子，現在才正是我活動的時間。妳睡不著嗎？」

「我想喝水。」媽媽到廚房倒了一杯水，回到客廳。

「來吧！坐啊！」佳佳阿姨邀請媽媽。

我偷偷開了一條門縫，看到媽媽坐在佳佳阿姨的工作區旁。

「佳佳，我決定跟他離婚了！」媽媽突然說。

「是你們那兩個小孩要求的嗎？」佳佳阿姨似乎一點也不意外。

「不是，我之前是一直擔心他們這樣會變單親兒童，擔心他們的心情，可是我看這次發生這些事情，讓我知道這兩個孩子真正的想法，我才知道自己之前都錯了！我一直帶兩個小孩逃跑，逃到不跟其他親人聯絡，我以為這樣最安全，卻沒想到害雨晴的個性也變得畏縮了，我缺乏的應該是正面去面對問題。」

「那妳要怎麼跟老溫提？啊！對不起，該稱他是姊夫才對。」

「不要緊，怎麼稱呼他都無所謂了，社會局說我可以跟法院訴請離婚，因為家暴的關係，我如果提，一定會勝訴，到時候兩個孩子監護權就歸我。我們才可以名正言順的擺脫溫子祺的糾纏。」

「姊，如果妳要找人談判，我可以陪妳去。」佳佳阿姨說。

「這次我不要在私底下跟他談了，這樣很危險。還有佳佳，我要跟

妳說對不起，當年破壞妳和溫子祺，那時只覺得他應該會比較喜歡我，就硬要跟妳爭，現在想來也許我和他的個性本來就不適合，卻還是勉強在一起，導致兩人都心力交瘁，如果當初——」

「算了！事情都已經過去了。沒事了！」佳佳阿姨說著說著突然笑了起來：「我還記得妳出現在我家門前的那一天，儘管我已經知道妳要來，但真正看到你們的時候，我還是嚇得下巴都要掉下來，我想我們已經十四年沒聯絡了，妳居然還敢來找我。」

「這是我做過最勇敢的事吧！溫子祺又打我們時，我真的不知道可以躲到哪裡去，也不知道可以投靠誰。對不起啊！佳佳！」

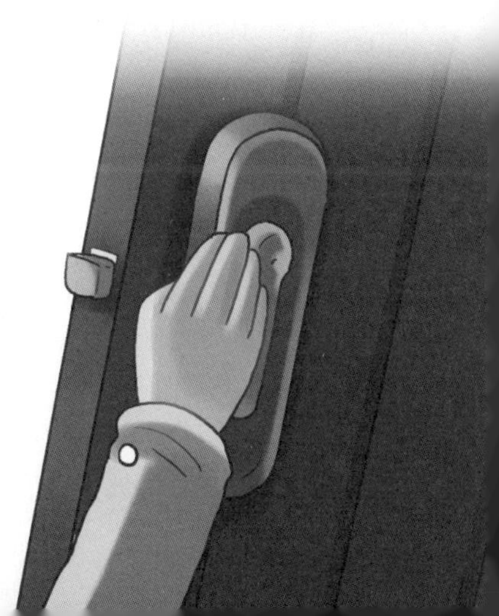

「我也該說對不起，我想一想也覺得自己很幼稚，我幾乎已經忘了當年為什麼會跟他分手，記憶中卻還認為是妳搶走我的男朋友。要認錯不容易啊！」

「我那時候來找妳，我也很害怕，我知道妳一定還不能諒解，我聽妳媽媽說，妳後來就很少跟家裡聯絡，獨自到外地生活，我想想，這我得負責啊！」

「哎呀！別聽我媽媽亂講，那是因為我越來越了解自己，我的工作型態沒有辦法跟別人合住，一定會吵到別人，我還是會定期回家。而且我跟妳不一樣，我終究沒有結婚，只要對自己負責，妳是當媽媽的，要對一家子負責，不過妳這媽媽當得算稱職啦！好媽媽。」

「真的嗎？」我感覺到媽媽的聲音裡帶著淚水。

「我覺得是啊！只是選丈夫的眼光，差了點。」

「佳佳！」媽媽小聲的斥罵著。

「好啦！開玩笑，妳趕快去去睡覺吧！妳明天還要賺錢養家啊！」

「我還有一件事要跟妳說——」媽媽停頓了一下繼續說：「如果確定正式離婚後，我會帶兩個孩子搬家。」

「怎麼？這裡住得不滿意嗎？」

「不是，這陣子真的謝謝妳，只是我想要重新找一份適合自己專長的工作，讓經濟更穩定，我想我們可能會搬回原來住的那個城市。」

「妳自己決定，我這裡雖然小，但是一定會歡迎妳。本來以為有兩個小孩一定會很麻

煩，現在卻覺得他們好可愛，人啊！都會改變的。」

「謝謝。」我看到媽媽伸手擦掉滑落的淚珠，佳佳阿姨看到又遞給她一些面紙。

「妳加油啦！這兩個孩子都是很好的孩子，我很喜歡他們，妳可要好好教育他們。」佳佳阿姨握著媽媽的手說。

望著她們兩人交談的身影，我坐在門邊，感覺眼眶也溼溼的，我不知道媽媽跟佳佳阿姨也有這麼一段過去，每個人身上都有故事，差別只在願不願意說罷了！

14 大掃除

在返回學校的前夕，我遇到新蕾、糖果箱及旅行箱三人，星期日那天她們也一起來參加清潔大水溝的活動，遠遠地看著她們三人朝我走過來，心情不由得緊張起來，特別是對新蕾，我努力想讓微笑保持在臉上，但當她們三人站在我面前時，我卻一句話也說不出，還是新蕾先說：「雨晴，早安！」笑容洋溢在她臉上，看不出其他的情緒，我勉強笑著說：「妳們早。」我們家只有我和阿姨參加，我趕緊跟阿姨

介紹：「她們三個是我朋友。」「嗨！妳們好，妳們就是雨晴在部落格的朋友啊。哪一個是糖果箱？」聽到阿姨竟然可以叫出大家的名字，我嚇壞了！我看到其他三人也嚇傻了，我趕忙跟她們三人介紹：「這就是佳佳阿姨。」

「別擔心啦！我只是偷看雨晴的上站紀錄！我一定保密。」阿姨俏皮的舉起手做出發誓狀。

「妳就是那個喜歡戴黑框眼鏡，穿黑白條紋洋裝的SOHO族阿姨嗎？」新蕾問。

「是啊！妳怎麼知道？我今天要來擔任拍照助理，來，妳們四個站一起，我來幫美少女們拍一張。」佳佳阿姨一邊指著手上的相機，一邊指揮我們排好。我依偎在新蕾旁邊，笑容可掬的比著勝利的符號。很快的，「卡」一聲，相片照好了！「認真幫忙啊！」才說完，佳佳阿姨又轉向去別的地方拍照了。

我們四個站在大水溝旁，我偷偷的跟著旅行箱旁邊，拍拍她，遞給她一枚五十元硬幣，她心領神會的對我笑了笑，這時糖果箱又開始分糖果了。

「哇！摩奇箱，請妳吃一顆我昨天買的紫葡萄糖，保持好心情很有用喔！」糖果箱遞給我一顆帶著透明感的紫色糖球，我放進嘴裡，一股濃濃的酸意蔓延在嘴裡，「噁！好酸！」我伸出手掌要接那顆在嘴裡的糖。

「別丟，別丟，再含一下味道就會變好。」糖果箱拉開我的

手，說也奇怪，這時本來嘴裡很酸的糖竟慢慢變甜，香甜的葡萄味也出來了，非常順口好吃。

「好特別的糖果，現在吃起來好好吃喔！」

「對啊！這是惡作劇糖果啦！」

「糖果箱妳很愛整人喔！算什麼好朋友！」我拿出平常開玩笑的語氣說，糖果箱只是笑。

新蕾在一旁說：「她是把妳當好朋友，才請妳吃耶！妳看我們都沒有。」

「哎呀！來來來，大家一人一顆嘛！」糖果箱笑著把糖分給大家。

「好酸！我才不要。」旅行箱是第一個拒絕的，她把手上的糖果遞給新蕾：「新蕾，再送妳！」

「哈哈！我不要，給雨晴好了！」幾顆糖果在我們之間伴隨著笑聲流竄著。

「小妹妹們，不要玩啦！可以開始幫忙嗎？」路口那間中式中餐店

的老闆，手上帶著手套，對我們揮揮手，我們四個人不好意思的走過去，他笑著分給我們一個人一雙雨鞋、一雙棉手套以及兩個人一把鐮刀，我們在一旁邊穿雨鞋，戴手套，邊觀察四周，大水溝的溝面上已經陸續有人在那裡工作，很多布袋蓮被成串拔起，丟往溝邊，溝邊有人把成串布袋蓮丟進大袋子裡，原本的一片綠色，突然露出幾條小水道。早餐店老闆看我們穿好裝備，示意我們可以跟著已經開始忙的其他人。

我們選擇跟在早餐店老闆娘的後面，她看了我們一下，就安排我們進到溝裡去拔布袋蓮，我慢慢踩進水溝，水大約只到小腿肚，我彎下腰來，隨手抓著翠綠的葉子，葉子肥肥厚厚，掐起來很舒服，一拉，沒想到卻拖起一整串，我對新蕾說：「快，新蕾，妳的刀子借我一下。」

「哇！好長喔！」新蕾把手上的鐮刀遞給我，我用鋒利的刀刃割斷相連接的莖，學別人的動作，把手上的那一串拋到溝邊。

「妹仔，妳身手很俐落喔！不過啊！妳們要一起合作，速度才會更快啊！」早餐店老闆娘讚美我，我不好意思的低下頭。

我們兩兩一組，一個人拉莖，一個人割。有時候很容易就拉起來，有時候卻得兩人一起施力才有辦法，我邊拉邊跟新蕾說：「這樣美麗的一片綠色就給拔掉了，好可惜！」

「什麼美麗的綠色？這是殺手綠，布袋蓮超級會繁殖，當它們長滿一整片時，就不會給別人機會。而且當布袋蓮壽命終止後後，它會沉到水裡，會耗掉很多氧來進行分解，造成水中生物缺氧。」

「這麼恐怖？」望著一整串淡紫色，我不知道它們背後竟帶著如此大的威力，我又好奇的問：「那當初是誰想要種的啊？」

「這我知道。書上說布袋蓮是一種外來的植物，因為它的花成

串像風信子，很多人稱它叫『水風信子』，又因為它很好栽種，所以在日本統治台灣的時代就引進，哪知道它太會長，不常常清理，水溝就會堵塞。」旅行箱搶著說，我發現旅行箱其實看過很多書呢！

「那我們都清光了，它還會長嗎？」我看見水面已經露出越來越多，總覺得我們應該留個幾朵。

「這問題我問過我爸，他說水溝裡有它的種子，時機到了，它會長出來的。」新蕾彎著腰，又抓起一串。

「所以我們以後還要清它？」我問。

「對啊！定期。」新蕾說。

「這樣也很公平啊！它已經提供我們漂亮的花可以欣賞，而且聽說它還可以濾淨水質，我們只要定期提醒它不要長太多。」糖果箱一邊割一邊為我們所做的活動下了註解。

今天很多人來幫忙清理這條大排水溝，我看到我們班的魏珊珊跟傅宇軒都有來，他們還過來跟我們打招呼，就像平常在學校那樣，我看不出新蕾眼中有什麼特殊的情緒，想來應該一切都已經平靜了吧！

也因為人多好辦事，在多人的協助下，大約十點多，整條大排水溝就清理好了，早餐店老闆免費提供大家飯糰跟豆漿，我們四個走回上面，雙手洗乾淨，坐著吃。

「來！四個美少女，我再拍一張，坐過來一點。」佳佳阿姨又出現在我們眼前，指揮我們，我們四個慌亂中靠攏，拿著飯糰，做出飢餓的表情。「卡」一聲，完成。

「嗯！雨晴，妳們四個都很可愛！慢慢吃喔！」佳佳阿姨又馬上離開了。

糖果箱提議要把糖果放進飯糰中，引來一震驚呼，她們三個又在一旁玩起來了。我則在一旁默默看著，等到心裡準備好了，我對新蕾說：「新蕾，妳那個部落格怎麼辦？」聽到部落格，大家突然一陣沉默。過

了一會，新蕾才說：「我會把這個部落格關閉，然後我打算再發表一個新的，還是採社團制，要加入社團才能看，我保證不會再自作主張把妳們的訊息傳給別人，那……要參加的舉手。」

沒有人舉手，新蕾的眼眶馬上紅了：「妳們都還在生氣嗎？對不起嘛！」

我搖搖頭，跟新蕾說：「我還是會加入啦！我喜歡有朋友的感覺，只要能不把我的事當做八卦新聞就好，不然我覺得自己現在好像引進布袋蓮，本來覺得它很美，後來卻覺得它很煩。」

「我附議，我的感覺跟摩奇箱一樣。」旅行箱說。

「我也覺得這樣很好。」糖果箱也說。

「好！我保證，我們是互相關心的一個社團。那妳們要加入嗎？」新蕾拍胸脯以示自己的決心。

「好！」糖果箱伸出手放在新蕾的手上。

「好！」旅行箱也伸出手放在糖果箱的手上。

「好！」我把手放在旅行箱的手上。

「謝謝大家！」新蕾的另一隻手疊了上來，我看到她的眼眶又紅了。

「那我們的新部落格要取什麼名字？」旅行箱問。

「布袋蓮天地！」旅行箱說。

「祕密箱子2！」我說。

「缺糖旅摩！」糖果箱。

「這是什麼怪名字啊？」我們都聽不懂。

「就取我們暱稱裡的第一個字啊！」糖果箱。

「不如叫『重心開始』，心是良心的那個心。」

新蕾又提議。

在大家七嘴八舌的討論中，我看到媽媽和佳佳阿姨一起從我面前走過，這是我第一次看她們走在一起，兩個人都對我眨眼微笑，微笑弧度真像，不愧是姊妹，而在遠方，我也看到下面的排水溝水面重現，它重新擁有自己的生命，好幾隻小白鷺又漸漸飛回來了！

故事背後的真相（後記）

家暴。

這字眼看似簡單，卻定義複雜，家庭應該是每個人來到世上第一個親近的場所，也正因為如此，隱藏在家庭中的暴力更顯恐怖，受害者更為無助。

讓我想寫這個故事，是因為一個女孩。我在她年紀還很小的時候，就認識她，在我們相處的過程中，有一日，我突然在她隱藏於袖子底下的暗

紅傷痕與瘀血中，明白她正受什麼樣的苦。

很難跟她解釋為什麼媽媽會打人，也很難跟其他小孩解釋，為什麼只有她的媽媽會對她那麼凶把她打成這樣，而其他人的媽媽卻不會。我發現自己很渺小，能做的只是帶這個孩子去擦藥，安慰她不要難過。然後轉身記下每次發現，偷偷聯絡有處理經驗的友人，詢問可能的解決辦法。

然後你會發現，旁人能做的真的很少，特別是施暴者是親生父母親時。

「妳快樂嗎？」我問女孩。

「嗯！」她跑得紅通通的臉漾著笑意，在家以外的地方，至少她是快樂的。

於是我寫出「雨晴」這個角色，雨晴有著她的煩惱，而且不少，但雨晴必須試著在這堆混亂中替自己找到出口，我在創作這個故事的過程中，彷彿跟雨晴一起參加了一場生存遊戲。

讓我寫這個故事的另一個原因，則是想起當我還是小孩子時，面臨

「小團體」這件事，常感手足無措。說出來不怕讀者知道，我總是盡量跟這類團體保持距離，過著自己一個人的生活，當然我並不是沒有朋友，只是我不喜歡只屬於誰，我喜歡淡淡的友誼，不喜歡太甜的友誼。當時，我並不知道自己這樣做其實很勇敢，一直到長大，我遇到很多人，他們說：「就算給我時光機，我也絕對不要回去國中，那時候的友情真是太難處理。」

交朋友，本來就不是太簡單的事，書中的雨晴，也遇到友誼的考驗。而出現在她身邊的朋友，也有可能會出現在我們身邊：樂觀的新蕾、甜美的糖果箱、冷靜的旅行箱。他們的故事與友情是用部落格（blog）串起來，部落格讓我想到以前的交換日記，當時我們是跟朋友這樣交換心情故事的，但有一天交換日記掉了，所有人都好緊張，害怕自己的隱私被別人知道，甚至還引起軒然大波。雨晴她們也遇到相同情況，因為祕密被第二個人知道後，就不能算是祕密了！但祕密不說出去，又是相當難過的。

最後，這本書的完成要謝謝很多人，先要謝謝家人，特別是媽媽，在

寫作過程中，很擔心她的身體健康，一度想要放棄，後來證明她的身體與我的作品均安，對此，我真的感謝老天爺；再來要謝謝我的研究所同學豆豆，在寫作的過程中，與她聊天閒扯，許多靈感就是從中誕生；還有蔡佩均小姐，她是我的高中同學，我倆的友誼就是平淡卻持久，感謝她百忙之中協助校對。

　　最後是我認識的女孩小均，她一直對我有許多鼓勵。曾允諾要把這部作品拿給她看，尚未付諸實行，這次，我會把這本書送給她，跟她一起分享，願她平安度過中學時光。

洪雅齡

二〇〇八年七月

作者簡介

洪雅齡

台灣彰化縣人。喜歡聽故事、寫故事、畫故事和悠游於大自然中，對兒童文學創作有極濃厚的興趣，喜歡挑戰不同題材。之前已擔任四年小學老師，分享故事是她和小孩相處時的重要事情，自認跟小孩相處比跟大人相處自在。

一直為孩子們寫故事是她的目標，《躲進部落格》是她的第一本正式出版品。

繪者簡介

陶　一

曾任職遊戲公司、美術設計及空間展示工作，因辦公室的環境過於僵硬，所以擺脫朝九晚五的束縛，目前在自己的工作室，創造喜愛的作品。

九歌現代少兒文學獎徵文辦法（摘要）

指導單位：行政院文化建設委員會
主辦單位：九歌文教基金會
協辦單位：九歌出版社有限公司

一、宗　旨：鼓勵作家創作少兒文學作品，以提升國內少兒文學水準，並提高少兒的鑑賞能力，啟發其創意，並培養青少年開闊的胸襟及視野，以及對社會人生之關懷。

二、獎　項：少年小說——適合十歲至十五歲兒童及少年閱讀，文字內容富趣味性，主要人物及情節以貼近少兒生活為宜。文長（含空白字元、標點符號）四萬至四萬五千字左右（超過即不予評選）。

三、獎　金：行政院文化建設委員會少兒文學特別獎：獎金二十萬元，獎牌一座。
評審獎——獎金十二萬元，獎牌一座。
推薦獎——獎金八萬元，獎牌一座。
榮譽獎若干名，獎金每名四萬元，獎牌一座。

四、應徵條件：

1、海內外華人均可參加，須以白話中文寫作。每人應徵作品以一篇為限。為鼓勵新人及更多作家創作，凡獲九歌現代少兒文學獎首獎者，三年內不得參加。

2、作品必須未在任何報刊發表或出版（參加本會徵文未入選之作品，亦不得重複參加）。獲獎作品之出版權歸主辦單位所有。初版四千冊，不付版稅，再版時可支定價百分之八版稅。

五、評　選：應徵作品經彌封後，即進行初審、複審、決審。評審委員於得獎名單揭曉時公布。

附記：本辦法為歷屆徵文辦法之摘要，每屆約於每年十月至翌年一月底收件，提供有志創作少兒文學者參考（所有規定，依各屆正式公布之徵文辦法為準）。

九歌少兒書房 176

躲進部落格

定價：230元・第44集　全套4冊920元

策劃：九歌文教基金會

著　　者：洪　雅　齡
繪　　圖：陶　　一
美術編輯：紀　琇　娟
責任編輯：宋　敏　菁
發 行 人：蔡　文　甫
發 行 所：九歌出版社有限公司
臺北市105八德路3段12巷57弄40號
電話／02-25776564・傳真／02-25789205
郵政劃撥：0112295-1
九歌文學網：http://www.chiuko.com.tw
登 記 證：行政院新聞局局版臺業字第1738號
印 刷 所：晨捷印製股份有限公司
法律顧問：龍躍天律師・蕭雄淋律師・董安丹律師
初　　版：2008（民國97）年9月10日

ISBN 978-957-444-526-4　Printed in Taiwan
（缺頁、破損或裝訂錯誤，請寄回本公司更換）

國家圖書館出版品預行編目資料

躲進部落格／洪雅齡 著，陶 一 圖.--初版.
--臺北市：九歌，民97.09
面； 公分. -- (九歌少兒書房；第44集
；176)

ISBN 978-957-444-526-4 (平裝)

859.6 97013653

九歌少兒書房